竹摇清影集

神長敬題

方承乐 著

安徽师范大学出版社

责任编辑：潘　安　汪天颖　　封面配图：方承乐　　责任印制：郭行洲
书名题字：朱礼长　　　　　　装帧设计：秦　亮

图书在版编目（CIP）数据

竹摇清影集/方承乐著. —芜湖:安徽师范大学出版社,2015.2(2025.1 重印)
ISBN 978-7-5676-1908-1

Ⅰ.①竹…　Ⅱ.①方…　Ⅲ.①中国文学－当代文学－作品综合集
Ⅳ.①I217.2

中国版本图书馆CIP数据核字(2015)第034292号

本书由安徽师范大学教育基金会宝文基金资助出版

竹摇清影集

ZHU YAO QINGYING JI

方承乐　著

出版发行:安徽师范大学出版社
芜湖市九华南路189号安徽师范大学花津校区　邮政编码:241002
网　　址:http://www.ahnupress.com/
发 行 部:0553-3883578 5910327 5910310(传真) E-mail:asdcbsfxb@126.com
印　　刷:阳谷毕升印务有限公司
版　　次:2015年2月第1版
印　　次:2025年1月第2次印刷
规　　格:889 mm × 1194 mm　1/32
印　　张:6.75
字　　数:160千
书　　号:ISBN 978-7-5676-1908-1
定　　价:48.00元

序一

秋天是收获的季节，今年的秋天也不例外。前两天，接到百里镇退休教师方承乐先生的电话，约我为他的《竹摇清影集》作序。看到厚厚的《竹摇清影集》清样，想到方老对文学艺术的执着和对生活的热爱，我欣然接受了。

我是在报社工作的时候认识方老的，如今算起来交往已有十余年。那时候，已从教四十多年的方老退休在家，为我们报纸撰写了不少新闻稿件，反映百里镇的好人好事。现在，方老已年过八旬，在生命旅程中，亲身经历、亲眼所见、亲耳所闻的可说是数不胜数。

“文章合为时而著，诗歌合为事而作。”方老虽然已达高龄，但思维敏捷，一直笔耕不辍。他细心发现，深邃思考，高度提炼，创作出许多反映时代风尚和百姓生活的现代诗、古体诗、散文和小说。通过整理和挑选，结集成书。我用了两个晚上通读了

《竹摇清影集》清样。古体诗《乡村即景》:“楼台层叠映朝阳，鹅鸭成群叫水塘。农用车辆装满载，田园耕作正繁忙。”描绘了一幅美好乡村的精彩画卷。散文《杜鹃花开》展现了学校师生前往县烈士陵园扫墓、追怀先烈的场景。《依依玉米情》《除夕》等则反映了山区乡镇农民的纯朴生活与民俗民风。可以说，《竹摇清影集》中的作品体现了自然美、哲理美，充满阳光而且时尚。词句虽朴实，却是心灵的净化、灵感的发现；文采虽不华丽，却是对人生的感悟、对艺术的追求。

“文艺工作者只有扎根生活、贴近百姓，欢乐着百姓的欢乐，忧患着百姓的忧患，创作出的作品才能吸引人、感染人、打动人。”我衷心地希望，在今后的日子里，方老写出更多的精品力作，弘扬社会正能量，彰显信仰之美、崇高之美。

同时，也希望大家从这本书里共同体会、分享和感悟人生的快乐。是为序。

王三保

2014年10月24日

（作者系中共太湖县委宣传部副部长）

序二

乐度人生唱大风

人生是一首歌，有抑扬顿挫；人生是一杯酒，有苦辣酸甜；人生是一段旅程，有坎坷通途；人生是一个故事，有悲欢离合；人生更是一部话剧，在角色变换中，跌宕起伏，异彩纷呈。方承乐先生的厚重人生在他的诗文集中惟妙惟肖地展现无遗，折射出知识分子热爱生活的本性、探究真理的知性、崇尚事业的党性以及追求完美的理性。

方先生的诗文集，从《竹园诗文选》到《竹摇清影集》，都闪烁着人性的光芒，折射出人生的轨迹。不论是诗词还是散文、小说，字里行间均写满他对真、善、美不懈的追求，都表现出他勤奋、俭朴、宽厚、仁慈、诚信、持节、理智、真诚的可贵品质。

拜读方先生的诗文，令人心旷神怡，茅塞顿开。既享受文学的熏陶，又得到哲理的启迪；既学习到写作的技巧，又聆听到人生的真谛。爱不释手，受益无穷。下面我略谈最令人鼓舞的六点感受。

一曰博爱感恩。方先生是一个深具传统美德的人，爱的篇章历历在目：对祖先的追思，对发妻的爱慕，对儿孙的教养，对亲朋的关照。《思母》诗中，如泣如诉："慈母归仙数十年，音容常驻儿胸间"，"辛劳供我读诗书，讵料余生黯晚霞"，"九泉有感当欣慰，桂茂兰芳秀宅门"。"老吾老以及人之老，幼吾幼以及人之幼"，对岳父的怀念，对曾经有惠于己的恩人，皆不忘怀；而且感恩社会，缅怀先烈，"事物篇"中，写拜谒革命烈士陵园，情真意切。

二曰说项扬善。方先生是一个"滴水之恩当涌泉相报"的义士。"平生不解藏人善，到处逢人说项斯。"（杨敬之诗）他不惜笔墨，书写了大量的说项诗篇，如"颂人篇"中，他对他认为对社会有作为的人都给予好评，实在难得。这叫容人之雅量，成人之美德。对被赞颂的人来说，更加会扬长避短、去伪存真，顿生律己励志之心。方先生的文章亦如此，他当通讯员，一直风里来雨里去，采访报道。高唱主旋律，弘扬正能量。

三曰赞美讴歌。方先生对人如此，对事物如此，对自然、对社会亦是如此。他的诗文中赞美之辞较多，之所以如此，皆因其具有慧眼认识美，匠心感受美，妙笔赞赏美。《兰花》诗中"无缘尘世繁喧扰，有意林间洁净妆"，多妙的诗意，幽美跃然纸上，淡雅浸润心田。他忠于祖国、热爱家乡，他的诗文饱含深厚的赤子情怀和桑梓情结。

四曰勤事敬业。"业精于勤荒于嬉，行成于思毁于随。"方先生八十二岁高龄，仍笔耕不辍，乃长期以来勤学苦干的惯性使然。打开诗文集，清晰可见他笔下的采蜜蜂、衔食鸟、躬耕农夫、勤奋学子的身影，记载了他平生钟爱的教育事业、挚爱的业余文学之旅。方先生是我初中时的恩师，且在高中共事十几年之久，耳濡目染，潜移默化，近朱者赤，由此我秉承了先生的这些优点，至今受用。他工作选重担子挑，记得高中任教时，他带课多，成绩好，桃李满天下。退休后，他身体力行，撰诗改稿，担负创建诗乡大任。前几年，他还学会用电脑，令人敬佩。他不耻下问，经常与我们这些晚辈切磋商量。别人向他请教，有求必应，真是春蚕品格，蜡烛精神。老骥伏枥，壮心不已。

五曰持节立信。方老师弘扬真、善、美，躬身践行。他的诗词中彰显出一个共产党员律己修身的高风亮节。几首歌颂雷锋的诗歌印证了他平凡而崇高的精神。他言行一致，艰苦朴素。他托情于物，自撰的楹联隐约可见其品格，可闻其心声。他几十年如一日，呕心沥血，安贫乐教。大量的校园诗章衬托出一位老教育工作者的拳拳之心。

六曰明志省世。方先生也是一位哲人。对人生、对世事的感悟与认知睿智豁达，宽容洒脱。谦恭不失风范，谨慎不失大方。竹摇清影，文显雅风。“世事洞明皆学问，人情练达即文章。”他的诗文证实了他深厚的文化功底，独特的人格魅力，高尚的道德情操。我拜读先生的散文《重阳节》最后几段时，感慨万分：

是啊，我已年逾花甲，虽天际夕阳红艳艳，毕竟离人生终点站不远。同龄人的一席话、一首诗，该是用另一种方式启迪我啊。

“老有所学，老有所为，老有所乐”，是现代老年人的向往和追求。

我已度过三十八年的教学生涯,即将退休。退休后将如何开辟新领域?我希冀这领域是浩渺无边的海洋,供自己游泳,使自己晚年有所学,有所为,有所乐。我绝不充当饱食终日、无所事事的懒夫,我常铭记前贤的箴语:"哀莫大于心死。"

"无边落木萧萧下,不尽长江滚滚来。"

春华秋实,物换星移。人生的旅程也和大自然一样,永远遵循着规律的车轮前进。这就要求人深刻地认识规律,把握规律,利用规律。只有这样,才会娴熟地驾驭历史规律的车轮,行驶在柳暗花明的春光里。

多么开阔的心胸,多么崇高的境界啊!

方先生继《竹园诗文选》之后,又有《竹摇清影集》,为我们提供了丰富的精神食粮,也为家乡精神文明建设做出了贡献。这是百里文坛的盛事,宜当庆贺之、推介之,使百里真正成为诗词之乡、文化强镇。

姚新华

2014年11月于百里

自序

《竹摇清影集》中的拙诗文，主要是缅怀先烈为革命、为人民甘洒热血、英勇献身的伟大精神，弘扬革命前辈爱民亲民、廉洁自律、为民办实事的高风亮节，怀想我生平沐沾的难能可贵的诚挚友情，抒写我对人生、对社会的感知。

高尔基说："文学即人学。"我只是一个普通的高中教师，是将"传道、受业、解惑"作为既定目标。对文学研究，没下什么功夫。喜爱阅读诗歌、散文、小说等各种体裁的文学作品，对文学批评等方面，则是极少问津。因此，我写的文字是普通的、平凡的，谈不上琳琅的词句、绚丽的文采。

哲人说："人虽然不过是沧海一粟，他的心儿却充盈环宇。"我年逾八旬，生命旅程中，亲身经历的、看到的、听到的社会上的有关人和事，是数不胜数的。前贤指出："文章合为时而著，诗歌合为事而作。"当今社会的新人新事层出不穷，为表露我的深深感受，抒发内心的牵挂情怀，我愿用一些时间写出来，进行自我教育、自我鞭策，借以不断实现自己心灵与品格的升华。

长期以来，我对学生、对自己的写作，都严格要求按毛泽东同志《在延安文艺座谈会上的讲话》精神下笔，弘扬主旋律。可惜自我水平较低，学习不够，只能是俚言俗语，敬希读者不吝批评、指正。

2014年10月

目录

第一辑

白话雅文

人物篇

林则徐

两广总督林则徐，
有高昂的志气，
铮铮的骨气。
虎门焚烟的那场大火，
烧毁了敌夷的焰气。

秋瑾

巾帼伟英雄，舍身投革命。
血染轩亭口，西泠桥畔陵。

雷　锋

出身穷苦人家，应征入伍，喜带红花。处处为群众办好事，烈日下，暴雨中，常现你助人的身影。你怀着玉石般的心灵，你是真、善、美的化身。伟人为你题词。你是人间真情的礼赞，中华千秋风范。

焦　裕　禄

用手抵住疼痛的肝部，走遍黄河畔的兰考大地，防治盐碱、根治风沙。县委书记的好榜样，为人民鞠躬尽瘁，高风亮节、与日月同光。

袁　隆　平

杂交水稻之父，中国科学院院士。
杰出的科技农民，帮助了广大群众。
民以食为天，国以民为本。
你功高日月，你万代留芳。

陶　行　知

伟大的人民教育家，爱满天下，
提倡教育下乡，办“晓庄师范”，

一举一动、一言一行都为人师表。
捧着一颗心来，不带半根草去。
周恩来称你为“党外布尔什维克”，
宋庆龄称你是“万世师表”。

赵　朴　初

原全国政协副主席、原中国佛教协会会长，佛学家、书法家、诗人，赵朴初先生。你是清状元赵文楷的后代，你是太湖人民的优秀子孙。

你出身于寺前河畔，你乡土情深，“六十四年归故乡”。托衷情于片纸，望故乡而高歌。拜石奖学金，期一代代学子成才。你巍巍的陵园塑像，遥望花亭湖碧波上的来往舟船，“花落还开，水流不断”。朴公崇高风范，永驻尘寰。

《安庆日报》余茂君先生及夫人

《安庆日报》余副总，热心群众好编辑。关注民情、国情。宣扬真、善、美，笔端绽露春风。

夫人朱莲姣，市京剧团主角。饰《沙家浜》中阿庆嫂，饰《杜鹃山》中柯湘，舞台绽露娇容。

余先生腹有才华，著作颇丰。余夫人生性活泼、温驯。耆年乐偕伴，胜三春杨柳，胜三九柏松。

方承乐与余茂君（右）

事物篇

上海龙华烈士陵园

龙华烈士志豪雄，抛头洒血为革命。
“墙外桃花墙内血，一般鲜艳一般红”。

南京雨花台

先烈群雕栩若生，工农奋起战妖氛。
鲜血染成雨花石，青松翠柏护碑陵。

大蜀山陵园

合肥城西大蜀山，绵延壮伟一陵园。
镰锤红旗扬海宇，先烈英魂笑展眉。

太湖县烈士陵园

藕塘水碧系亭湖，先烈丰碑耸“龙珠”。
灵堂肃穆庄严地，后人代代忆前驱。

宿松烈士陵园

孚玉山头建陵园，徐文藻部战敌顽。
流水落花残匪溃，长江古邑竞鲜妍。

大别山烈士陵园

岳西城南虎行山，烈士陵园壮伟观。塔座高临华表美，英雄陵寝展辉煌。烈士王步文，红军部队官兵，浴血奋战沙场。级级台阶，层层向上，青松环抱，翠柏簇拥。纪念碑、英雄“岳西魂”群雕、红军亭、纪念馆，李先念、朱德、徐向前等老前辈题字，牺牲于大别山的烈士英名不朽，血染的鲜红旗帜永远飘扬。

野寨中学抗日烈士纪念塔

天柱山峰插云霄，抗日将士是英豪。日本侵略军被打成鸟兽散，葬身中华、尸骨裸抛。

176师英雄战绩惊天地，中华后代永牢记。“抗日阵亡将士纪念塔”高高耸立，千秋万代英名标。

姜　山　岭

姜山岭远峦岗，花亭湖东前方。
太湖师范学校，师生器宇轩昂。

晨练铃声响，英俊集操场。
探求科学新知，课堂就是战场。

人民教育兴，祖国正辉煌。
吹响进军号，阔步入征行。

走　江　边

为求多增学识，远道奔赴枞阳。枞阳原名湖东县，五四年洪水汪洋。圩田广阔，河湖交错，对江是池州大地。西接文都桐城，胜迹浮山，名城枞阳。江水浩荡，轮船来往，好一派水上浩淼风光。物华天宝，地灵人杰，曾经有多少英雄礼赞。

浮　山

山浮水面水浮山，安徽历史名山。火山喷发遗迹，溶洞、破口、裂岩。革命圣地，文化名山，房秩五先生办浮山中学。这里是国家森林公园、安徽省风景名胜区，这里是国家地质公园。山上有奇峰怪石，摩崖石刻，森林古树，翠竹撑天。白荡湖畔这颗明珠，络绎不绝的游人凭临赏览。

文都桐城

桐城文派，中华之光。方苞、姚鼐、刘大櫆……提倡孔、孟，崇奉程、朱，革新一代文风。教育家吴汝纶办桐城中学，合中西学问精粹。名流云集，“冠盖满京华，文章甲天下”。

父子宰相张英、张廷玉，六尺巷，“让他三尺又何妨”。海阔胸怀，崇高志向，宽厚遗风，赢得世代后人景仰。

树　林　冲

太湖、宿松交界的城西树林冲，有清状元李振钧的遗踪。山清水秀，禾茂粮丰。1959年秋，办树林中学，传出琅琅的读书声。半耕半读，勤恳师生。半天在课堂认真教、认真学，半天在棠梨畈叱牛、扬鞭，一道道亮丽的风景。勤工俭学，深入乡村。由方洲水库上高高的何家岭，大队书记招待蒸红芋，那时可真是难得的甜甜点心。

花 亭 湖

国家级风景名胜区花亭湖，
镶嵌在大别山中一颗明珠。
万山丛中一湖碧水，
来往舟船如海燕逐浪腾飞。

湖中岛屿星罗棋布，
西风禅寺、佛图岩塔、月亮湾风情，
橘子洲金黄硕果，罗河谷水漂，
一道道亮丽的风景。

寺前古镇、朴公陵园、状元府、狄公亭，
湖外湖，龙山宫，
龙珠山上高耸的革命先烈纪念塔，
太湖新、老城区人流、车流，
熙来攘往，一派繁荣。

少 年 行

矫健的身姿，进取的精神。
开阔的胸襟，忍劳耐苦的心。

远大的眼光，凄苦的现实。

椿残萱继萎，冷雨夹霜风。

傲冰雪岭梅，仍尽情绽放。
历经寒彻骨，飘送远程香。

劳燕分飞

雏燕两相亲，明眸辫发长。
赤忱心互印，期盼共翱翔。

称呼姐与弟，相拥相依傍。
人世鸳鸯鸟，天际鸿雁行。

讵料狂风骤，零落泪沾裳。
《伤逝》悲再演，花月黯垣墙。

第二辑

古韵新咏

风光篇

明堂山

江淮分水峻明堂，汉武登临世代扬。
奇石秀峰环碧涧，青松翠竹绕修篁。
亭台楼馆迎新客，樵叟牧童饰古装。
栈道回旋啼鸟热，人间难遇此山乡。

司空山

毗连太岳伟司空，慧可遗传胜迹踪。
瀑布南岩垂雪练，朱砂北壁映丹红。
松风伴送书堂韵，月色辉煌寺宇屏。

佛角经声飘玉座，晨钟暮鼓震天穹。

注：慧可，禅宗二祖，曾住司空山修炼。太白书堂，司空山八景之一。

司　空　山

一

雄奇峻险伟司空，古树荫浓绕主峰。
瀑布南崖垂白练，朱砂北壁势如虹。

二

司空二祖苦参禅，远道崎岖不畏难。
悟彻菩提圆佛旨，明心见性守泥丸。

桐　　山

桐山圆浑接天穹，鄂皖接界耸主峰。
百里方圆衔远道，千秋胜迹绽新屏。
当年血火英雄迹，今日花开峻岭红。
遥望祥云飞浩宇，感怀征战隐衷情。

春游花亭湖

春风阵阵涌洪波，放眼亭湖胜景多。
水映蓝天开画镜，山含碧玉影婆娑。
银船逐浪追灵燕，古寺鸣钟送佛歌。
翡翠摇红烟绕树，俊男秀女荡长河。

乘车西过磨头岭

窗前放眼逐车行，辽阔山川秀美屏。
起伏岗峦环沃野，蜿蜒河道绕楼亭。
葱茏林木垂枝果，拥翠园田粟菽盈。
弥镇新街衔远道，毗连皖鄂势恢宏。

西　溪　湾

蜀道西溪一远湾，从来跋涉实艰难。
蜿蜒荒径沿河绕，碎石枯枝搅乱烦。
浩荡春风吹山岭，宽平马路环故园。
桥梁架起连心线，雅苑琼楼秀洞天。

安庆长江大桥

名城安庆倚长江，皖水龙山锦绣装。
雄伟铁桥连浩宇，绵延天堑映虹梁。
车船如织升平景，牛女相期艳雅裳。
北达京华观胜迹，秦淮南去美风光。

鹧 鸪 天

安庆菱湖公园黄梅阁

面向菱湖笑口开，轻移莲步上前台。倾心演唱黄梅调，洒入乡关万众怀。　　格律悠，音韵谐。声情双洽匠心裁。十年风雨惊魂梦，犹带伤痕纳绣鞋。

茶　　园

云环雾绕半山腰，簇簇丛丛碧翠苗。
汩汩清泉甘露润，满园新绿泛春娇。

杨 泗 寺

岁月悠悠慢且长，巍峨古寺放豪光。
将军关注农桑事，黎庶常怀炽热肠。
水患解除禾苗壮，兴修永志步康庄。
香烟缭绕风华在，慰我神祇享殿堂。

乡 村 即 景

楼台层叠映朝阳，鹅鸭成群叫水塘。
农用车辆装满载，田园耕作正繁忙。

五千年文博园

中华悠远五千年，文博园宏广阔天。
古代帝王威凛相，历朝豪杰浩长篇。
飞龙昂首浴春雨，舞凤翔林绕紫烟。
铁烙根雕惟妙肖，琼楼玉宇绕流泉。

五千年文博园，国家文化产业示范基地、国家AAAA级旅游景区。

朱礼长/摄

清 平 乐

怀念树林中学

岁月匆匆，往事不再逢。回首树林冲之日，师生豪爽融融。　　课堂教学争雄，读书写字用功。向往未来事业，胸怀浩荡春风。

乡 村 秋 韵

堤边枫叶正飘红，飒飒秋风漫卷空。
水净沙明河系远，蝉鸣蟋唧树葱茏。
粮黄棉白丰收景，女唱男歌浪漫情。
打稻机开场地热，村村户户喜盈盈。

四 季 歌

春

桃红柳绿好春光，华夏江山饰美装。
处处高楼平坦道，竹林啼鸟韵悠扬。

夏

绿树荫浓夏日长，娇娆秀女出荷塘。
南风吹拂人如醉，高竖樯帆起远航。

秋

月中丹桂发幽香，金菊东篱傲峻霜。

萧瑟秋风归阵雁，长鸣浩宇逐征行。

冬

冰封北国雪花飘，松竹梅枝不折腰。
青翠姿容凌峻骨，风华长驻傲天曹。

竹　林

一

茎竿长长直指天，清风吹拂叶绵延。
冰霜凛冽浑无畏，笑倚红梅映秀颜。

二

心空竿直节环坚，深扎虬根向外延。
任是劲风吹不倒，青葱枝叶惹人怜。

三

茂林修竹绕墙垣，啼鸟灵音胜管弦。
最是月明秋夜静，蝉蛄合奏润心田。

四

尘世喧嚣日日忙，竹林雅静好风光。
情怡山水诗书伴，把酒临风颂艳阳。

山乡春雨

连朝春雨遍天涯，竹翠松青掩杏花。
广阔田畴泥浪闪，轻烟袅袅绕农家。

山村冬夜

夜静更深霜露浓，遥闻野外亘宏声。
绵延起伏惊魂梦，细滚长飘越广空。
山雀暖巢无意闹，金蝉藏壳月朦胧。
欧阳赋美秋情调，物换星移转到冬。

注：“欧阳赋美秋情调”，这里指宋欧阳修《秋声赋》。

咏物篇

蝶 恋 花

竹 园 春 笋

岁岁直冲牢户阙，沐浴春风，亟待泥开裂。上进勇凭潜蓄力，浑身储存新汁热。　园里琼枝倩影侧，初出笋苗，快拔劲生节。竹枝轻影任飘摇，儿望娘怀多喜悦。

兰　　花

静植山中碧叶长，春回绽蕊发幽香。
无缘尘世繁喧扰，有意林间洁净妆。
伴绕枝头啼鸟热，花牵朵下秀霓裳。

佳人空谷悠然驻，脉脉深情送远方。

兰　　花

一

伊人爱静处山乡，碧带纷披绺绺长。
待到春神催醒后，绽开玉蕊发幽香。

二

绽开玉蕊发幽香，梦绕魂牵誓不忘。
斩棘披荆何所惧，揽怀仙子舞霓裳。

三

揽怀仙子舞霓裳，相惜相怜两热肠。
漫道人生坷坎道，深情激涌伴征航。

兰　　花

一

寻得幽兰喜内心，清芬雅艳洁纯真。
伊人爱美长裙碧，庆幸知音伴好春。

二

庆幸知音伴好春，光阴一寸值千金。
悠长岁月怡情远，相拥相依话几巡。

三

相拥相依话几巡，箴言挚语感怀深。
人生画卷频频现，静听良宵激越琴。

春　茶

茶芽绽放碧油油，燕舞莺歌美画图。
阵阵茶姑勤采撷，獠人歌调韵轻柔。

油菜花开

油菜花开遍野黄，东风梳扮美村庄。
新茶细叶抽芽绽，布谷宏音叫唤忙。
水浸稻田泥浪远，机耕陇亩土成行。
幽香兰草催人醒，乐沐春光摆战场。

荷　花

西施出浴薄裙纱，初绽朱唇洁玉牙。
碧带盈盈含晓露，灵株朵朵映丹华。
微风荡漾凌波舞，软扇飘摇溅浪花。
欲向莲塘邀倩女，问卿何日访天涯。

端 阳 花

端阳花发绽娇容，茎秆颀长叶碧盈。
倾慕红颜心轴远，年年情系再相逢。

秋 菊

身披金黄铠甲装，顶露迎风傲峻霜。
隐士陶潜情伴酌，个中深意费猜详。

丹 桂

金黄银白溢芬芳，碧叶油油淡雅装。
蕊质深藏醇腑药，清心可口味悠长。

桂 花

中秋佳节桂花香，月窟嫦娥彩袖长。
碧叶盈盈含晓露，芳姿簇簇缀华章。
冰清十里怡人醉，玉魄千家美誉扬。
寻得名茶和蕊饮，提神益智净心房。

寒 梅

梅花香自苦寒来，傲雪经霜满树开。
林逋爱妻芳影着，冰姿玉魄映瑶台。

注：林逋，即林和靖（967—1028），北宋隐逸诗人。他“梅妻鹤子”，名遗后世。

感事篇

喜迎党的十八大

欣闻大会本年开，全国人民喜满怀。
城镇强工商贸盛，农村粮牧进台阶。
国防坚固如磐石，海陆空军俊杰才。
航母红旗扬水域，中华儿女庆和谐。

清　平　乐

赞养老保险

老年何倚？惆怅彷徨路。中央大政暖民心，养老保险砥柱。　　不惧年迈身衰，不惧缺衣少食。年年发放资金，确保衣丰食足。

入学少年享受免费午餐

兴邦先必重人才，国有人才伟业开。
培养少年成大计，层层俊杰上阶台。

延医问药便黎民

人逢病厄苦缠身，诊治无钱泪湿襟。
农合资金频救助，延医问药便黎民。

安庆革命历史名城

宜城雄耸大江边，汹涌波涛广阔天。
熊范起兵丧敌胆，锡麟击督勇无前。
英雄吴越凭车炸，烈士高琦铁担肩。
鲜血染红中华史，迎来浩卷谱新篇。

辛 亥 革 命

同盟会建聚群英，热血青年壮志宏。
封建王朝黎庶苦，横枪跃马缚苍龙。

重修大别山刘邓会址

一

大别山中胡氏祠，当年刘邓聚雄师。
军机会议商韬略，叱咤风云展武姿。

二

会址重修振万方，山乡刘畈美名扬。
鲜红旗帜光辉远，革命前驱气宇昂。

望　江　南

刘邓大军挺进大别山

一

大别山，绵延鄂豫皖。道路崎岖风物远，干群热烈拥军还。首长喜开颜。

二

大别山，赤色美摇篮。刘畈胡祠大军会，刘邓宏音震九州。歼敌不迟延。

三

大别山，江淮一线连。千军万马如潮涌，敌顽匪特胆惊寒。败北坠深潭。

凶残日寇践弥陀

弥陀勇士志坚强，击落日机滚岭岗。
凶暴倭奴张恶爪，狰狞狼犬践山乡。
浓烟起处民房塌，弹雨飞来庶众亡。
血海深仇当永记，同心戮力击东洋。

读《陈毅诗选》

带兵转战势豪雄，历劫经磨劲魄充。
《梅岭三章》惊敌胆，“铁军”一语震鸿蒙。
连年征战劳心力，一片丹心映碧空。
元帅威名存史册，铿锵字句耀长虹。

拜读《明堂诗刊》第十六集

“胸怀天下”涌风云，“锦绣河山”展视频。
“人世真情”诚可贵，“大千事物”每留神。
“杂吟随兴”诗心美，“赠答酬和”友谊深。
“针砭刺愧”掀丑陋，“飞鸿四海”报佳音。

水 调 歌 头

壬辰（2012）年春赴省城合肥贺内侄女新婚

季节循环转，欢愉亦等闲。又上省城大道，贺礼展欢颜。内弟昆仲偕去，牵想昔年情意，心底自流连。相顾人人健，隐隐醉无言。　　乘电梯，登楼宇，喜无眠。天假斯年，金瓯客宾馆琼檐。同庆楼堂庆宴，忝居主桌高座，欢侄女成全。但愿藤萝蔓，瓜蒂自绵延。

茶　　道

茶道佳人口齿灵，指点品评涌真情。
娇柔婉转精华露，心海春潮缕缕盈。

品　　茶

茵茵浅碧雅香茗，口齿芬芳脏腑盈。
胸气平和精力足，胃痰净化智源生。
明亮银海增光泽，宽广丹田溢秀屏。
诚谢师傅工艺好，强身健体志茶情。

品　　茶

迎来挚友品芳茗，叶泛杯中不了情。

窗外朝阳和煦惠，人间难得是春风。

茶　　师

茶师制作历深工，炒捻揉搓技不同。
赢得色香悠韵味，辛劳形象挂长虹。

夏　　荷

夏荷塘水映红腮，洁雅亭亭次第开。
清帝乾隆曾幸露，还珠格格是英才。

注：夏荷指夏雨荷。夏雨荷、还珠格格均系电视剧《还珠格格》中人物。

夏日锄草

锄草培禾实苦辛，炎炎烈日湿衫襟。
不惜耐劳流汗水，只缘秋日粟盈囤。

黎　　明

晨曦初露气清新，大地氤氲不染尘。
万物萌生凝活力，千帆竞发指遥津。
绸缪未雨先贤计，临冷修巢笨倔禽。
《朱子格言》宜谨记，一天之计在于晨。

接内弟张珍奇电讯

电讯传来细忖量，萦怀内弟黯神伤。
娇妻病逝年年远，儿女勤岗日日忙。
影只形单孤冷月，衾寒枕湿泪凝霜。
罗帐长偕人夙愿，庄生梦蝶亦黄粱。

江　城　子

壬辰农历三月二十七日夜梦

青春岁月自徜徉，日中天，正辉煌。谊厚情深，欣慰诉衷肠。探索心灵明迹处，堪慰藉，喜胸膛。　醒来惊异不心慌，竹园外，雁声忙，翱翔天宇，欢逐队成行。料有青冥奇卉处，赏月色，品茗芳。

蛇年（癸巳）展望

春风吹拂入蛇年，大好江山展秀颜。
万众一心催战马，齐心协力着新鞭。
三农发展宏基固，四化征程奏凯旋。
猎猎红旗扬海宇，国强民富舜尧天。

浪淘沙

过安乐河胡湾

车上望胡湾，流水潺潺，秀颜琼姐几时还。遥看当年携手处，叶萎花残。　　往事已阑珊，影印山川。相依互诉系情缘。漫道迢迢河汉远，不畏艰难。

偶题

桃花人面不相同，天上云霓雾里风。
早雨霏霏衣尽湿，午茶饮后夕阳红。

晨练

早晨空气新，习练素辛勤。
站立身腰正，下蹲颈项伸。
躬拳凭肘力，踢腿仗踝跟。
呼吸宽容大，精华注眼睛。

古塔

太湖古塔古传承，造艺优良砖石精。
四面尖峰留胜迹，棋盘石上耸瑶宫。

闺　思

新楼华宇不言贫，夫婿清纯爱意深。
岁始打工伊外出，临车送别话殷勤。
空闺独守情牵月，午夜难眠梦扰魂。
怀系良人千里外，风寒暑热自当心。

探　友

风清日朗会亲人，笑意盈盈满面春。
细语轻言谈往事，秀眉湖影漾情深。

江城子

寄　友

十年辗转路茫茫，细思量，怎能忘。殷勤接待，慢语话衷肠。有幸相逢缘乃宿，含笑腼，理闺妆。　一帘幽梦影三江，凭小窗，望雁行。云雾漫漫，惟有天际长。料得惊鸿寻旧侣，展秀翅，共翱翔。

感　事

一

萦回思绪倚南窗，缥缈飞鸿掠影长。

静听哦吟声渐远，可知展翅赴潇湘。

二

几回梦绕岳阳楼，浩瀚烟波水境幽。
欣有洞庭明月在，君山妃竹净悠柔。

三

某售柑橘色橙黄，鲜活果皮腐黑瓤。
金玉外颜蒙过客，内藏败絮汁肮脏。

四

雷锋事迹不能忘，高尚胸怀日月光。
不似鸷禽傍树势，为民办事无怪腔。

五

案前开卷细斟量，先贤今杰映辉光。
盈仓珠玉珍藏品，殷勤探取勿彷徨。

六

读书看报习为常，心态平和体魄康。
群狼惨败中华振，祖国儿女展豪强。

竹摇清影

竹摇清影漾春风，劲节琼枝翠叶盈。
笔底生情柔秀色，胸中涌浪染新屏。
山河如锦今非昔，豪杰成林月绕星。
喜望天涯鸿雁阵，频传佳讯荡长空。

野猪为害实堪忧

野猪为害实堪忧，山里垄田每绝收。
茅草蓬蓬遮望眼，打工买米度春秋。

观电视剧《步步惊心》有感

《步步惊心》寓意深，人生苦短费追寻。
若曦聪慧英年逝，拼妹辛劳恶疾沉。
皇子雄姿何瞬暂，帝王威焰亦黄昏。
妆楼月冷空焚烛，遵化清陵泪湿巾。

观电视剧《孝庄秘史》有感

玉儿年少入皇宫，夺爱惊魂恨始终。
两代幼皇劳辅助，一生哀怨瘁填胸。
文臣网络殊难织，武将情怀岂许松。
太后英名诚可贵，陵园肃穆怅西风。

注：清，孝庄文皇后（1613—1688）享年75岁，皇太极之妃，顺治之母。

观电视剧《乾隆王朝》有感

王朝整整六十年，万里江山展秀颜。

整治内河兴稼穑，抗衡外敌历时艰。
南巡车马风华著，北固京都景物妍。
一派繁荣今已杳，皇陵日落袅残烟。

观电视剧《嘉庆王朝》有感

先王告老已登基，诛杀和珅万众期。
贪佞锄除心力耗，造反旗飘绞血机。
辛劳人马驰驱苦，繁杂宫闱暗影迷。
原想山庄消郁虑，何堪猝病驾归西。

观电视剧《慈禧秘史》有感

欣逢选秀入宫闱，馥郁兰香列贵妃。
哀婉君王衰代代，垂帘听政累回回。
内忧外患黎民苦，神倦身劳国势危。
一代太后存史册，后人评是更评非。

观电视剧《还珠格格》有感

还　珠　格　格

还珠格格是英豪，翻越危岩胆识高。
皇苑猎场遭乱箭，衷心代姊忍煎熬。
腾飞武艺凌空展，宛捷言辞冠女姣。
飒爽英姿巾帼杰，宫廷遐迩美名标。

紫　薇

（一）

大明湖畔女娇娃，爷去娘亡冷露纱。
慈母弥留遗信物，牵情荷扇血浓斜。
客居舍生忘死绊，红柳扶危济困家。
博得千金还本位，义朋挚友灿云霞。

（二）

剑下余生识美人，临场救护费殷勤。
春花绽艳情挚切，夏蕊新禾露浴淋。
凛凛英姿朝野仰，铮铮铁骨古今名。
五哥偿愿劳容拥，各展辉煌慰梦魂。

慕　沙

公主才能列上层，花容月貌武坛行。
腾挪矫健灵鹰翅，飞练擒拿玉臂迎。
觅求夫婿作良伴，揽回俊杰梓桑荣。
英雄尔康成知己，恋嫁中华世代情。

观电视剧《甄嬛传》有感

一

清代王朝大后宫，后妃嫔妾美人丛。
善良贤淑琼台秀，狠毒阴奸蔓草横。
一派祥和莺燕舞，满庭血雨涩腥风。
争名夺位邀皇宠，剑影刀光映画屏。

二

嬛嬛秀选入皇宫，少女清纯稚意朦。
国色天姿仙子影，琴棋书画艺心聪。
屈伸荣辱胸怀远，剑利针锋杰志雄。
赢得芳名千古颂，泰陵遗冢吊巾英。

注：电视剧《甄嬛传》中，主要人物系甄嬛。

乡情篇

今日百里镇

长河源向景区行，赤百岳华坦道通。
集镇繁荣商贸热，车流密列走西东。
丰饶特产年年有，茂盛禾苗处处盈。
座座桥梁连彩带，物华天宝势恢宏。

百里镇特产

一

华源科技重茶油，性味清凉润内柔。
再向久鸿寻宝物，膘肥体壮好黄牛。

二

东口新茶品味优，揉搓捻制数头筹。
耿家板栗红黄实，质厚甜香第一流。

百卉园开第六年

百卉园开第六年，辛劳浇灌仗英贤。
施肥培土工耕巧，布景描图绘制妍。
党政扶持光泽暖，干群竭力物华鲜。
长河浪涌人文秀，续作辉煌锦绣篇。

百里镇森林防火

森林防火经常抓，百里青山百里花。
环境和谐添活力，工农兴旺福无涯。

百里镇敬老院

院民欢悦住高楼，供养齐全事不忧。
饭菜调和增口味，夏凉冬暖乐心头。

百里镇街灯

往年百里夜朦胧，现竖华标亮路灯。
岁月绵延圆好梦，长河悠远浪飞腾。

频开夜市欣荣景，密聚车辆气势宏。
领导胸怀诚可贵，一枝一叶总关情。

百里镇新街

鄂皖接界百里墩，岳华赤百喜连襟。
司空傲耸南岩美，前埠宽平北麓巡。
长水奔流连大海，虹桥横亘映天云。
新街楼宇层峦耸，来往车辆织锦纹。

百里镇黄牛

层层草地碧油油，大小高低阵阵牛。
膘壮体肥人喜爱，牧童欢逐放歌喉。

癸巳年农历正月百里镇白术岩扑火

白术岩头火势强，风高月黑路茫茫。
传呼急电催人快，领导先行摆战场。
壁立危崖攀棘上，热忱赤胆挺寒霜。
更深奋扑衣衫碎，污汗横流遍体伤。

百里镇文坛

百里文坛享盛名，大枢遗著有“西征”。

三春“百卉”争芳艳，万顷“禾园”绽秀容。
妙笔每从新土出，华章缘自宿根生。
状元村内群英聚，浪涌长河送远鸿。

注：王大枢著有《西征录》。《百卉园》《禾园》系太湖县的刊物。

《禾园》览胜

百里好春光，《禾园》溢远香。
繁花争秀艳，硕果赛辉煌。
规划计周详，辛劳日日忙。
幼苗成大树，甘露洒心房。

《禾园》洁雅值初晴

《禾园》洁雅值初晴，百里烟波灿复明。
幼树飞红桃蕊绽，新芽放绿李根生。
翅低鸿雁飞翔劲，学语鹦哥曲已成。
遥眺长河风景秀，朝霞万缕溢豪情。

浣 溪 沙

贺《百卉园》顺利出版三期

千红万紫映长河，滔滔碧水漾清波，争相观赏卉千禾。　　诗苑词坛书画备，妙笔旋开式样多，灵心慧眼不蹉跎。

西　江　月

赞百里镇教育界《禾园》诗刊

沃野泱泱浅绿，屏开幅幅新芽。春风晓露遍天涯，百里禾园换茬。　　园丁朝夕灌溉，莘莘学子堪嘉。争芳斗艳满园花，硕果彩映云霞。

临　江　仙

百里镇新政

春风习习润长河，迎来燕舞莺歌。家家欢畅庆谐和，山水田林路，芳园胜景多。　　党政运筹民本定，雷锋足迹堪磨。情深公仆基层走，无穷凝聚力，何惧战高坡。

满　江　红

辛卯（2011）年整修百里大桥

绘就蓝图，铺钢筋，混凝构筑。固桥栏，长屏洁雅，美不胜收。石桥拱面细筹谋，洪波汹涌砥中流。百里桥，中华史册留，岁月悠。　　招望眼，大手笔，新举措，计划周。科研究因由，牢耸千秋。领导英贤办实事，天堑永远变通途。司空南，大地绽娇柔，山川秀。

百里大桥，1969年建成，主跨85米，当年是安徽跨度最大、全国罕见的石拱桥，由本邑石匠杨占梅主建。 李程斌/摄

弥陀获“全国环境优美乡镇”称号

青山碧畈映长河，皖鄂通衢胜迹多。
“百草林”中飘翠竹，“黄泥圩”里织新禾。
条条街道澄明净，幢幢楼台洁雅荷。
优美芳名驰海宇，同声赞颂大弥陀。

文化之乡弥陀镇

弥陀文化久驰名，“百草林”中瑞霭迎。
省办高中宏范远，如潮学子广飞腾。

革命根据地弥陀镇

赤旗早映古弥陀，高耸桐山战绩多。
铁寨英雄拼血刃，长戈直捣鬼狼窝。

回 忆 弥 陀

一

弥陀原是我家乡，少小余祠进学堂。
“百草林”中承泽露，枝枝叶叶未能忘。

二

朱门舅氏在甘棠，厚德慈颜老舅娘。

呵护甥儿胜己子，冬寒夏热挂衷肠。

三

弥陀剧院学弥腔，起转悠长调激昂。
俊俏少男灵巧女，足蹈手舞韵悠扬。

今日弥陀镇

毗连皖鄂大弥陀，省县交通密似梭。
秀阁琼楼鳞次绕，青山绿水果盈棵。
田园广阔粮棉盛，集镇繁荣货品多。
党政英贤民敬业，风生水起荡洪波。

弥陀烈士陵园

陵园高耸在平岗，松柏青葱墓地长。
街市繁华熙攘攘，车流密集列行行。
当年激战殷红血，今日清平洁雅光。
井水甘甜先烈掘，弥陀儿女岂能忘。

发展中的弥陀镇

弥陀发展冠山乡，鄂皖通衢达八方。
省范高中宏远景，市评重镇导征航。
工农并举添华彩，党政同心绘秀章。
百姓为圆中国梦，激情建设美家邦。

战斗的北中

鄂皖毗连大北中，重峦叠嶂势恢宏。
苏区早建民心聚，勇士驰驱斗志雄。
高耸将军鏖战急，宽平玉畈赤旗明。
马嘶铺上烽烟绕，汹涌沙河逐浪腾。

太湖县北中高级中学　　　　李程斌/摄

北中岁月

北中岁月实难忘，玉校宏樟溢远香。
山畔浮丘风物美，水脉沙河倩影长。
花桥连拱状元梓，元畈逶迤古战场。
男女辛勤春永驻，吴声楚曲韵悠扬。

红色北中

浪涛汹涌玉珠河，早建苏区荡恶魔。
赤址吴祠鸣号角，红军勇士满岗坡。
英雄鏖战风雷激，匪寇慌逃鼠兔梭。
回首当年云黯惨，心潮迭起逐洪波。

鹧鸪天

今日北中

乘车直上北中游，旖旎风光眼底收。层叠楼台装饰美，河湖塘堰水清幽。　　机器响，画眉啾。万重山色翠青柔。车辆逐队奔驰急，辛劳男女战田头。

刘畈乡

久怀刘畈秀山乡，风物人情放眼量。

阔道蜿蜒环岭畔，洪波浩荡映禾桑。
楼台层叠新潮起，车队奔流序列忙。
男女勤劳丰果美，物华天宝乐康庄。

夏来刘畈乡

夏来刘畈乡，胸境倍徜徉。
风物人情美，幅幅秀华章。

刘 畈 文 坛

诗名《兰谷》不虚传，刘畈文坛器宇轩。
海阔胸怀抒浩宇，激扬章句写华笺。
有灵山水钟英杰，无愧人生展哲贤。
迭出书刊勤慧笔，长河浪织彩云烟。

注：《兰谷》系当地的刊物。

品评《兰谷》

品评《兰谷》益精神，雅丽风光洁净心。
名利淡然胸境爽，诗文凝重菜羹馨。
山乡秀美英雄地，庶众豪情俊杰林。
如饮佳醇胸境朗，朝霞缕缕浴春晨。

汤湾温泉

熙湖名胜有汤湾，翠拥琼楼秀画栏。
池涌温泉珠玉润，人沾甘露净肤颜。
身心爽洁怡神远，胸眼精明斗志坚。
古有华清堪比美，前来沐浴亦神仙。

赴黄岗

春风几度赴黄岗，为酬亲谊越山乡。
叠嶂重峦潜岳系，回峰转路楚吴方。
龙潭古寨云烟绕，陡岭遗踪赤帜扬。
惊望当年鏖战地，琼楼秀阁赛天堂。

牛镇人文

人文牛镇享英名，历史长河闪炽灯。
黄府状元声誉远，王门医者古传承。
禅堂二祖山陵峻，佛座千秋水秀明。
冲内香樟苏十里，南阳桥下浪盈盈。

牛镇高中

晨雾浓浓远淡星，车窗遥望室灯明。

琼楼高耸烟云里，学子沉潜卷帖中。
究理研文穷宇宙，观今阅古效英雄。
切磋砥砺详科技，圆梦长怀报国情。

美好乡村

每忆当年羊角河，沙滩灌木浪渣窝。
朝阳高照掀茅屋，万众同心植碧禾。
宽阔广场楼宇列，回环大道赏游多。
乡村美好新潮景，世代欢呼幸福歌。

遥忆城西

一

三月黄鹂枝上啼，杜鹃花放野烟迷。
蛙声阵阵催人急，遥望城西绿柳堤。

二

树林冲里好风光，古木株株映碧苍。
男女辛劳勤稼穑，秋来遍野稻花香。

三

清波荡漾浪盈溪，广阔无忧菜圃肥。
翻越凉亭抬眼望，梦魂犹绕是城西。

阮　郎　归

城西树林冲

车行西过树林冲，已到棠梨宫。袅娜翠柳又相逢，阔道任环行。　　山叠紫，岭摇红，楼阁列西东。曾是状元故里踪，心潮缕缕融。

浪　淘　沙

忆树林中学

每忆树林冲，春意浓浓。师生奋战力无穷。广阔园田兴稻菽，意向东风。　　教学乐融融，气势恢宏。半耕半读劲充盈。男女辛劳终不悔，志夺豪雄。

咏 徐 桥 镇

一

古镇徐桥秀水乡，泊湖美景赛苏杭。
舟船来往渔民乐，网网鱼虾效益涨。

二

梦魂萦绕美徐桥，烟柳江南水域迢。
广袤田园掀绿毯，机耕机种竞娇娆。

三

徐桥集镇势恢宏，古道新街列纵横。
最是湖滨添锦绣，公园佳景远怡情。

四

徐桥名胜不寻常，十里长街着靓装。
工业园区机器响，春风春雨浴辉煌。

五

文明富庶数桥乡，商贸繁荣客旅忙。
西接洞庭连武汉，东乘舟艇入长江。

望　江　南

徐　桥　美

一

徐桥美，地域占优先。泊湖水系连江海，舟船来往物华天，胜景任留连。

二

徐桥美，发展浴春风。工农并举谋兴镇，集市精描亮丽屏。十里舞蛟龙。

寺　前　镇

寺前古镇不寻常，秀美河山道路长。
波涌亭湖禅协韵，岭连天柱碧穹苍。
陵园青翠风华著，塑像庄严大德彰。

街道绵延牵网脉，熙湖名胜誉乡邦。

注：寺前镇建有赵朴初陵园、赵朴初塑像。

新 仓 镇

新仓镇坐太湖东，坚耸大桥势若虹。
久享粮棉丰产誉，素凭水陆好交通。
村庄树绕圩田广，楼阁云横浪影明。
新仓百姓歌婉转，与时俱进喜盈盈。

晋 熙 镇

晋熙老镇系城关，街市繁华两岸连。
波涌长河腾浪远，道环吴楚绕云烟。
碧盈田野粮禾茂，畜满栏圈丑亥妍。
开发园区机器响，车流来往五湖牵。

大 石 乡

湖泊渺渺水茫茫，如织舟船正起航。
广阔田园黄稻美，宽平陇亩白棉香。
车流密列商机旺，道路延伸物运忙。
水陆联通达四方，地灵人杰赛苏杭。

小 池 镇

小池驿站讯周详，上格城垣古战场。
广阔田畴屏秀景，纵横水网蓄粮仓。
沪蓉高速车流密，合九长龙序列忙。
美好乡村光日月，新潮胜境助翱翔。

江 塘 乡

毗邻太宿美江塘，毕岭何墩辐四方。
集镇繁华工业盛，乡村富裕谷盈仓。
望怀东线商源好，鄂蜀西途物阜长。
屏障熙湖肥沃地，甘河州阔白云扬。

天 华 镇

青山绿树竞芳华，秀美亭湖是我家。
橘子洲头尝汁果，太平庵内赏名茶。
金黄稻菽盈田野，鲜活鱼虾逐浪沙。
林广材优殷实地，交通水陆达天涯。

店 前 镇

司空东麓店前河，古镇悠长亮丽多。

工厂商场车密集，农田稻菽漾佳禾。

鹧 鸪 天

店 前 镇

千年古镇店前河，绵长街道人烟多。太岳县衙陈古迹，辉煌史册奈研磨。　　人文美，山川秀，工农商学韵谐和。春风阵阵催樯舵，小康大道涌洪波。

徐 良 大 桥

徐良桥远势恢宏，天堑华梁坦道通。
来往车辆民便捷，山乡发展伴春风。

百里镇近邻岳西

斜耸司空古巨人，长怀太岳久连心。
店前河畔勤劳女，百里林中秀彩裙。
商贸流通经济活，人文互促友情深。
绵延岁月风华著，世代讴歌靓彼邻。

游客参观太湖状元府　　朱礼长/摄

颂人篇

赠章周中先生

欢喜迎来章周中，关注黎民细察情。
大计运筹开发项，远图详拟绘新屏。
惠农重教兴科技，善政研文学识宏。
百里长河春送暖，花繁果硕赛他城。

赠周学恒先生

西北农大本科生，胸怀高远习真功。
民情详察民心聚，事业辛勤事实融。
首重农工基永固，弘扬文卫力无穷。

才华学识洪炉炼，绚丽朝霞锦绣屏。

赠李作根先生

精明练达好农民，学习辛勤重立身。
诗集《西风》劳细办，辉煌成果逐年新。

赠方勇先生

龙年北镇始逢君，快语轻言满面春。
办事辛勤情坦荡，待人诚挚态从容。
青春魄力风华著，进取胸怀见识新。
百尺竿头争超越，鹏程万里驭祥云。

赠县教育局李国林先生

青春时年到山城，黄镇林中教绩宏。
局座位尊严自律，员工心暖喜缘逢。
关怀学子期圆梦，济助寒儒竭挚情。
质洁身廉功卓著，长河春水浪盈盈。

赠县志办章顺国先生

安徽大学本科生，从政从文致实功。
关注乡邻胸襟广，牵怀章节绘图明。

新潮网络歌新政，朴素言辞朴素情。
淡看钱财身外物，愿留清气漫青冥。

赠弥陀镇周建东先生

力强年富属精英，主政弥陀胆识宏。
扶助农工兴大业，扩修道路畅交通。
善待黎民群心拥，锄除歪风杰志雄。
烈火熔炉经百炼，浩然正气傲苍穹。

赠赵学斌先生

数年百里见真情，造福山民务实工。
重整虹桥铭远代，环铺街道绘新屏。
护林扑火身先众，济困扶危胆赤忱。
公仆胸怀黎庶惠，春风雨露泽苍生。

赠百里镇招商办朱堃先生

胆识机谋数两全，辛劳辗转友缘牵。
潮头细察观风向，实地详勘绘秀篇。
内产外销优网络，物华天宝写流年。
招商大道凭开拓，百里长河喜讯绵。

赠百里电管所王仲勉先生

电管精工数十年，安全第一志心间。
辛劳勤谨研科技，杜渐防微效哲贤。
任是高危横险浪，端凭智魄历时艰。
干群拥戴豪情聚，灯火辉煌不夜天。

赠百里邮政局程振浪先生

一

绿衣信鸽翅殷勤，炎暑冰寒山道奔。
千份新刊欢送户，万张报页喜入门。
员工心暖牵民意，群众讴歌颂雅音。
悠远长河时讯捷，豪情奋发志凌云。

二

百里邮储畅快心，人员服务态如春。
存钱取款机灵准，局长巡回用意深。

赠洪礼彬先生

追求学识善为人，品格清纯重立身。
勤为山乡谋福祉，常怀贤哲励精神。
驰驱坎坷忘忧患，攻读诗书历苦辛。
文采才华滋润远，朝霞万缕绽春晨。

赠周学应先生

勤劳执教老先生，治学沉潜务实功。
剔透晶莹珠玉串，《西风》诗集果盈盈。

赠何大胜先生

欲求心语寄何君，地阔天长广彩云。
敬业操劳精力瘁，乐群驰苦智谋深。
熙湖赢获“诗乡”誉，太邑频传《逸兴》吟。
璀璨余晖常在目，同人扉页四时春。

注：太湖县获全国“诗词之乡”美誉。何大胜著有《逸兴集》。

赠王章根先生

身为领导不居功，书画诗文顺手逢。
真挚待人诚厚德，宽怀处世育新风。
长年从政牵民意，终岁辛劳忆众情。
当代英才凭识见，熙湖史册著芳名。

赠全国模范教师汪先爱

一

南斗汪先爱，辛劳教学忙。

身罹难治症，矢志不低昂。
数载寻医治，胸怀系课堂。
化疗又骨折，疼痛彻彷徨。

二

大雪压青松，枝干傲苍穹。
恶疾何所惧，风霜屡次逢。
讲台三尺地，坚守育苗情。
巾帼英姿展，中华榜上名。

赠宋世和老师

炽红余热献文坛，继晷焚膏垦艺园。
灼灼诗文铭锦帛，浓浓黛墨绘晴岚。
熙湖风韵飘彩虹，华夏情怀撼哲贤。
回首浩颜星月朗，山川秀美色鲜妍。

赠祝厚林校长

教坛敬业久经秋，为育新生血汗流。
关注文坛劳笔墨，讴歌桑梓费斟筹。
山乡巨变开屏展，人物风华映镜头。
璀璨夕阳红艳艳，峥嵘岁月印痕留。

赠北中陈发诚校长

数十年华立教坛，躬耕勤恳育禾园。
修身敬业从严律，治学求知越隘关。
善待员工情意暖，牵怀弟子寸心丹。
山乡北镇春风惠，源远长河彩浪连。

赠太中潘德安校长

胸富才华效哲贤，太中主校十余年。
夙兴夜寐劳心力，旰食宵衣矢志坚。
师德师风常谨记，克勤克俭岁时连。
安徽示范丰碑驻，学子腾飞颂凯旋。

赠作家张桦先生

石马山岩是尔家，欣逢盛世爱涂鸦。
泛舟学海书千卷，历练熙湖绺万麻。
放眼云天胸自广，行文水月笔生花。
长河悠远名流涌，喜望先生赏彩霞。

一 剪 梅

记华晨电脑部打字员吕娟

纤纤素手运操灵，往来娴熟，文稿分明。天寒地冻雪霜浓，坚强意志，胆赤心红。　　人多时紧态从容，胸怀海阔，语调轻松。赢来顾客一丛丛，笑面相近，柔语相问。

壬辰年腊月贺唐西川先生新居

大竹寒梅溢远香，迎来宾客赏楼堂。
物华天宝钟灵秀，起凤腾蛟映曙光。
座上珠玑昭碧玉，庭前松柏傲寒霜。
朝阳喷薄晴云朗，春水盈川泽润长。

奉和方乔保先生佳句

何惧西湖大雾茫，心坚志定踏天堂。
三潭月影蓬莱境，花港观鱼齿颊香。
灵隐仙踪朝大佛，岳王祠里拜英藏。
雷峰古塔明今昔，如织游人赏景忙。

寄语吴周明先生

少年幸晤记英名，燕岭群山气若虹。

诗册常观贤哲句，祝君体泰寿如松。

刘畈诗友

刘畈诗人学识高，胸藏珠玉赛天骄。
青莲风格情如缕，杜甫华章句似涛。
砥砺研磨追远梦，切磋斟酌织绞绡。
芳兰静秀藏幽谷，麟角珍稀匹凤毛。

奉和徐勤远先生佳句四首

一

太湖宾馆遇知音，文蕴医精有宿因。
牵念深情常自励，绵延岁月表丹心。

二

有幸逢君莫逆交，诗坛驭舵见英豪。
林中百草芬芳馥，朱湘梓里展风骚。

三

弥陀百里友芳邻，宽广文园乐奋耕。
多谢徐君勤嘱咐，时时铭记海天情。

四

徐君学识与时增，胸富才华雅意浓。
月异日新勤做伴，怡情海宇远为评。

方乔保先生旅游

游览中华胆识高，胸藏锦绣更娇娆。
延年益寿增才干，乔保先生应自豪。

读张生宏先生《夕阳吟咏》

激昂吟咏境无穷，景物人文绘秀屏。
广阔云天剪丽彩，光华日月浴晴明。
素描点影先贤笔，暖意含春挚友情。
祛浊扬清洪泽远，花亭湖浪碧盈盈。

赠詹诗全医师

上门治病实精心，诊断分明用剂斟。
药到病除似扁鹊，长年跋涉历艰辛。

敬复王宇蛰先生

贤甥宇蛰志昂扬，书法诗词韵味香。
身在田园怀广宇，笔挥翰墨誉乡邦。
长河百里文坛茂，华夏春潮国学张。
新秀如林诚有望，求真务实切磋忙。

敬复詹寿凯先生

一

毕生工浅漫谈超，引玉常惭俚语抛。
永学群英凝众智，著书敬献后贤娇。

二

百卉诗刊雅意浓，群贤浇灌力无穷。
昔时校座真情注，激励园丁进取雄。

贺姚新华校长《东篱草》顺利出版

东篱芳草碧云茵，勤恳园丁意境深。
播种育苗牵岁月，经寒历暑费耕耘。
世情风物飞华彩，秋水春光诱众人。
喜望庭前兰桂茂，一年更比一年新。

奉和姚新华校长佳句

幸沐春风化雨时，历年培竹绽新枝。
自嗟坎坷崎岖路，甘愿躬耕习串词。
往事如烟经眼散，朝阳似锦暖心知。
扁舟一叶常怡足，拙劣诗文漫说师。

奉和姚校长佳韵

和风惠浴竹园枝，地利人谐恰盛时。
拙作诗文承泽氳，杂言俚句仰名师。
艳阳高照春花暖，贤哲深情晓露滋。
励志激怀铭竹帛，长河浪涌溢瑶池。

附：姚新华校长原诗

秋光又沐竹园枝，拜读鸿篇正适时。
两度诗文呈雅典，多年汗水浸名师。
瑶章启智风花展，至理铭心雨露滋。
纬地经天弘志远，山乡捷报凤凰池。

敬复姚新华校长励志佳句

一

铭谢姚君盛赞扬，激情励我战三江。
不忘组织精英队，誓创辉煌振祖邦。

二

虚心学习老专家，务实精工不自夸。
立志定当存浩远，力争优秀耀中华。

三

时代要求服务真，高标严检逐推新。
风华底蕴经磨洗，指望同歌四季春。

四

调查摸底细周详，力创辉煌走八方。
奋勇追求圆国梦，瓯江待尔绘新章。

中秋节致程家佑先生

一年容易又中秋，想尔程君赏月悠。
大厦琼楼欢乐聚，五湖四海任神游。

贺《禾园》刊

长河源上辟《禾园》，耕作操锄历暑寒。
绽绿幼芽承雨泽，萌青嫩蕊浴晴岚。
春风和煦催苗旺，朝露甘滋育茎繁。
放眼云天观百里，千红万紫美文坛。

贺家承贵先生七旬寿辰

一

“联庆”长河曙放芒，家园花果溢清香。
七旬喜办重阳宴，四代欢欣晚节芳。
桃李垂枝湖海誉，儿孙展翅梓桑光。
宾朋共祝南山寿，笑面频迎话吉祥。

二

司空名胜久经年，松劲南崖景万千。

大别山头枫叶赤，冶溪河畔柳丝绵。
胸藏翰墨图屏美，笔泻珠玑褶幅妍。
更喜夕阳红灿灿，庭园怡享好林泉。

登家承贵先生新楼

步入高楼放眼匆，司空斜倚一支峰。
长河源起西坪下，玉坳踞临北麓中。
鳞次房台铺锦绣，宽宏道路接天穹。
冶溪镇上车流涌，绿水青山绽笑容。

赠作家朱家托先生

先生学识本恢弘，力效前贤务实工。
四代师庭文蕴厚，一腔豪气笔情浓。
频挥翰墨芳名远，勇战门球武胆雄。
省县作家劳瘁广，熙湖史册志星屏。

赠女作家李彩凤

矢志研磨岂等闲，文思慧敏历辛艰。
“晚妆”雅韵情何尽，彩照新颜艺力妍。
飒爽英姿萌秀笔，凌云壮志写华笺。
长河孕育贤能聚，巾帼辉煌织锦篇。

赠女诗人严庄

曾为县妇领班人，治学精工进取心。
诗达衷情风柳靓，文倾世事水云深。
坎坷不减英贤志，老病难摧赤凤魂。
友聚每谈严大姐，畅怀互勉助豪吟。

赠合肥工业大学王能员教授

少年共读感情深，冷暖关怀谨记心。
学识切磋尝细究，前程瞻望每殷勤。
君临“工大”研科技，踏上杏坛教后人。
璀璨夕阳光热远，遥凭鸿雁寄乡音。

赠经营家孟晓冬先生

辗转经营孟晓冬，劳心耗力迈征程。
静观产品时销令，细听谯楼快慢钟。
胆识机谋凭勇魄，赤忱果断走西东。
潮头搏击横风浪，欢庆门庭硕果盈。

注：孟晓东，太湖县新城长河路经营家。

赠百里镇温州流动党支部方义华先生

温州支部展风华，搏击潮头创绩佳。
学习研谈明大局，为圆国梦献丹心。

贺陈发罕先生八旬寿辰

“太中”初会值青年，车伴姣娥粉黛妍。
深究岐黄功绩远，悬壶桑梓德绵延。
情思潮涌吟醇酿，笔泻珠玑赏美泉。
雅誉“诗医”诚可贵，八旬贺诞颂华筵。

奉和唐西川先生贺诗

乐沐风华盛世逢，文坛代代立新功。
弦歌缕缕如潮涌，丝竹绵绵妙语融。
淳厚情怀春水暖，铿锵词句炽红胸。
才疏力薄追难及，铭谢唐君励志同。

附：唐西川先生原诗

文坛轶事喜躬逢，耋耄英雄再建功。
琴弄阳春歌浩浩，竹摇清影语融融。
情怀质朴高风格，才露纯真卓识胸。
伏枥有为追不懈，精神贵与古贤同。

奉和王宇蛰先生佳句

乐浴东风化雨时，竹摇清影惹神驰。
风光明媚情怀暖，草木欣荣秀雅姿。
品赏书林增识见，评批拙作鉴渠池。
夕阳绚美胸襟爽，花落花开自任之。

附：王宇蛰先生原诗

竹瘦枝肥拥翠时，摇风惠我意飞驰。
清风爽暖情无限，影俏堂皇富有姿。
品正书林圆事业，德优翰墨满渠池。
崇翁学识臻完美，高薄云天世敬之。

追思篇

拜谒雨花台烈士陵园

含悲趋步雨花来，俯首低眉泣泣哀。
鬼啸狼嚎遮日影，刀飞弹射垒尸骸。
猩红鲜血横空洒，壮烈英魂耸巨台。
告慰先驱含笑慰，中华崛起扫阴霾。

读《革命烈士诗抄》

“记取章江门外血，他年化作杜鹃红”。
沙场征战英雄道，据地埋兵胆识宏。
冷峻刺刀浑不怕，横飞弹雨意从容。

行行字字明珠闪，壮烈情怀映浩穹。

注：“记”句引革命烈士帅开甲诗句。

遥忆雷锋

一

牺牲半世纪，英貌嵌心中。
雨中帮妇幼，行车助职工。
辛劳忘自我，节俭济寒穷。
欣我中华地，雷锋代代生。

注：雷锋牺牲于1962年，至作诗时约半个世纪。

二

阶级深沉仇，回思血泪流。
爷娘悲惨死，寇霸虎狼屠。
幼具凌云志，参军壮志酬。
毕生勤奉献，佳誉满神州。

三

遥望衡山松，青葱翠叶浓。
雷锋英像驻，岁岁绽春风。

四

滚滚湘江水，烟波浩杳长。
雷锋英貌耸，万众志轩昂。

清明节忆雷锋

清明时节忆雷锋，战士胸怀质朴情。
事事为民排苦难，时时忘我献忠诚。
开车掘土骄阳酷，济妇携婴冒雨行。
领袖题词光日月，中华大地吊英灵。

代代学雷锋

代代学雷锋，雷锋代代生。
为民忘自我，对党献忠诚。
默默耕耘细，时时竭瘁躬。
人人严律己，处处浴春风。

中央号召学雷锋

中央号召学雷锋，战士英魂耀日星。
奋斗忘私豪杰志，顽强拼搏塔灯明。
为民赤胆时时励，对党忠诚挚挚情。
杜绝空谈勤务实，为兴大业历征程。

太湖县烈士陵园

“龙珠”树木掩高陵，荡漾湖波映月明。

先烈遗骸归净土，“藕塘”遥指北邙行。
庄严塔座铭千古，肃穆灵堂静四更。
县域繁荣花簇锦，年年挥泪吊英雄。

追悼邓世昌等中日甲午海战中殉难的海军众将士

倭奴凶暴势嚣张，海战惊涛浊浪狂。
炮火穿流冲射急，舰轮旋扭虎狼惶。
拼将热血驱船撞，为国捐生斗志昂。
千古英名垂史册，中华儿女永难忘。

怀念焦裕禄

书记离尘数十年，音容笑貌嵌胸间。
风沙治理劳心血，盐碱排除历险艰。
抱病奔驰忧万众，察情探究访千川。
悠悠兰考黄河远，热泪潜抛悼哲贤。

一　剪　梅

拜谒岳王坟

栖霞岭上岳王坟。祠苑幽深，古柏常青，虔诚拜谒表丹忱。鞠躬尽瘁，为国捐生。　　忠奸自古有标评。秦桧夫妇，蛇蝎蚊蝇，追怀武穆仰英雄。光华日月，气贯长虹。

祭诗人朱湘

一年一度又逢春，梓里专刊《百草林》。
字字挚言标墓志，行行心语慰诗魂。
中华浩远东风劲，四海升平旭日新。
君在九天含笑览，文坛喜有后来人。

忆 秦 娥

祭诗人朱湘

诗声彻，百草林前望明月。望明月，扬子江头，饮醇伤别。　　清华学府四子热，芝城俄亥留学影。留学影，诗名永著，中华史册。

思　母

一

慈母归仙数十年，音容常驻儿胸间。
情深沧海无回报，愧对心田自赧颜。

二

昼出田园夜纺纱，寒灯清影度年华。
辛劳供我读诗书，讵料余生黯晚霞。

三

孤儿寡母实伤情，时遇挫折冷若冰。

傲骨寒梅芳溢远，儿承遗训指灯明。

四

今立新碑志母恩，慈云缥缈泪盈巾。
九泉有感当欣慰，桂茂兰芳秀宅门。

遥念岳丈

泰山崩塌早多年，遗憾平生未睹颜。
厚德门庭兴旺在，欣荣后辈胜先贤。
辛勤淑女持家细，惭怀半子愧心田。
怅望北邙噙热泪，依依斯宅意绵延。

追忆弥陀李仁先、叶张生等老同学

岁月长河不计年，花开花落逐时迁。
青春好伴衷肠热，少壮宏图矢志先。
事业有成铭梓里，音容何处望乡贤。
关山回首伤怀处，古树斜阳远淡烟。

追忆姻亲朱小云先生

一

太中相会忆当年，行李肩挑热气添。
怀念闺中情挚切，夜奔家宅意弥坚。
辛劳农活披风雨，艰苦生涯似柏连。

儿女成行诚乐事，夫妻相伴亦甘甜。

二

独守柴门究可哀，爱妻病逝赴瑶台。
欣荣儿女勤岗远，疲累身心日渐衰。
公寓四年神尚暖，天河一夜汛临灾。
魂游冥界烟云渺，哭向青山泪满腮。

王大枢墓

东口山头一土坟，萋萋芳草接天云。
可怜冷僻穷泉骨，曾有光辉哲理文。
上遣西征情隐隐，常怀东返意频频。
遗章读罢心潮涌，热泪潜飞黯断魂。

吊朱致言先生

兄赴泉台已一年，音容笑貌嵌心间。
叶河办厂恢弘日，村众常承解急钱。
济困扶危胸坦荡，图强奋进意争先。
党员风采遗芳远，追悼英魂泪涌泉。

注：朱致言（1919—2011），男，享年92岁，叶河村龙形组人，中共党员。

追悼王敦廷先生

太中共事数经年，工作辛勤意志坚。
关注同人情叙旧，常怀梓里颂前贤。
经磨历劫浑无畏，涉苦临寒不改颜。
回首仓皇伤永别，九泉笑慰艳阳天。

清 明 扫 墓

清明扫墓祭先人，一束鲜花表寸心。
培育情怀诚切切，寄瞻希冀挚殷殷。
杜鹃啼血云天渺，青鸟衔哀月影沉。
泣拜茔台追祖德，萋萋草木护芳魂。

追悼赵福良老师

当日英姿未许忘，风华朝气语铿锵。
热肠厚道胸襟阔，耿直宽容壮志长。
敬业虔诚勤苦学，待人真挚慢商量。
缘何病祸沉疴痛，每忆音容泪湿裳。

悼叶春明书记夫人

李桂平逝世

六旬夫妇感情真，相伴相依历苦辛。
谷雨乍寒青鸟至，妆楼月冷黯销魂。

追悼表侄女朱家驯

遥忆当年百草林，同窗共砚友情深。
切磋学识言辞细，互勉才华语意真。
卷袖每来帮煮炒，牵衣常伴踏坪行。
年华十七芳容渺，午夜惊魂热泪淋。

追悼表妹夫殷敏先生

妹夫毕世献丹忱，从政从文敬业勤。
县委机关劳瘁远，弥陀事绩好音频。
湖城屡述衷肠语，佳著专留惠我存。
忽听鸦鸣传讣耗，伤怀泪雨黯惊魂。

宝玉祭晴雯

宝玉祭晴雯，千回百折巡。
直书封建罪，怜悯仆奴身。

玉洁冰清体，冤含染秽尘。
芙蓉神座主，诔语慰芳魂。

悼汪崇德同志

一

湖城初晤在楼台，钦尔年轻自励才。
护路通联双压担，撰文扬铲两牵怀。
山乡采访辛勤事，峻岭填坑汗渍堆。
指望青云平步起，剧罹车祸实堪哀。

二

客年共聚在山庄，喜对亭湖拍摄忙。
角度何从身美雅，视屏有巧影轩昂。
风华文句篇篇在，肖秀图形幅幅详。
火热激情诚可贵，伤怀往事泪彷徨。

注：汪崇德，寺前镇人，洪畈道班班长，《太湖报》《安庆日报》通讯员，2001年4月5日不幸遇车祸逝世，年仅36岁。

最美高中生柳艳兵

持刀凶残暴徒狂，血染车厢旅客慌。
猛扑搏斗凭赤胆，勇拼恶孽显豪强。
临危不惧英雄列，舍生忘死壮士行。
道德满分交答卷，青年学子铸辉煌。

注：柳艳兵，男，江西某校高三学生，2014年在公交汽车上与暴徒搏斗，身负重伤。

最美司机吴斌

一分十六秒千金，剧痛停车护客身。
铁块飞怀脏已破，垂危瞬息责犹存。
英雄德厚高山耸，亿众情牵大海深。
遥眺西湖名胜处，依依整肃悼忠魄。

注：吴斌，男，48岁，杭州公交车司机，为救护旅客，忍痛停车，伤重不治。

第三辑

生活随笔

杜鹃花开

清明节那天，我们全校师生前往太湖县烈士陵园，祭拜革命先烈。藕塘边的龙珠山上，漫山遍野，盛开着血红的杜鹃花。

我们每人手持一束鲜花，虔诚地走向烈士纪念堂、烈士墓、烈士纪念塔，眼噙热泪默哀，追悼为革命事业英勇牺牲的革命先烈。

我们怀着深深的敬意，将鲜红的杜鹃花轻轻地摆放在烈士墓前，以表达哀思。

回思往昔，中华民族世世代代的先人们，经年累月，艰辛奋斗。因受历代反动统治者的压榨，如纤夫负重，啼饥号寒，凄苦地挣扎在死亡线上。中华民族具有坚强的斗争意志，高举义旗，投身革命。单从近代说，伟大革命先行者孙中山先生领导同盟会，组织广州起义等一系列武装斗争。黄花岗七十二烈士、秋瑾、徐锡麟、吴樾、熊成基、范传甲等含笑沙场，“碧血横飞，浩气四塞，草木为之含悲，风云因而变色”。革命党人经过长期斗争，终于推翻了几千年封建帝制。

袁世凯、蒋介石开历史倒车，重建独裁统治。日本军国主义大举侵华，从卢沟桥枪声到血染秦淮河水，烧杀奸掳、惨绝人寰。蒋帮倒行逆施，多次围剿解放区。中国人民在共产党的领导下，历八年抗日战争、五次反围剿、三年解放战争，取得了最后的胜利。先烈们为民族求生存、求解放，进行长期奋斗，抛头颅，洒热血。

李大钊、瞿秋白、方志敏、狼牙山五壮士、王步文、赵玉亭、梁诚等成千上万的烈士，英勇地牺牲了。烈士们前仆后继，舍生忘死，赢得了中华民族的解放，赢得了中华人民共和国的成立、发展、腾飞。

今天，我们在追悼先烈的同时，默默地告慰先烈。中国人民在党中央的正确领导下，在建设社会主义的道路上，正奋勇向前，以一个国力强、军力盛、人民富强康乐的“东方巨人”姿态，屹立于世界民族之林。杜鹃花，过去是哀思的花、悲情的花，现已是展现辉煌的春花、胜利的红花。还“中国十大名花”的亮丽色彩。

先烈们，你们的鲜血没有白流，国家规定每年9月30日为“烈士纪念日”。“烈士纪念日”，人们纷纷到各地的烈士陵园，举行隆重的仪式，追怀你们的丰功伟绩。你们的大无畏精神永在，你们的浩气常存。

“蝴蝶梦中家万里，杜鹃枝上月三更。”我们仅以这束鲜红的杜鹃花，敬献于烈士墓前，寄托无限哀思，愿先烈们含笑九泉，安息。

瞻仰天柱山抗日阵亡将士陵园

“负弩效前驱，碧血黄沙殉一死；遗骸正丘首，青山白骨共千秋。”这副挽联，是国民革命军第48军副军长苏祖馨为天柱山抗日阵亡将士写的，表明了抗日烈士们为国家民族生死存亡，远征数千里，激战沙场，直至流尽了最后一滴血的大无畏英雄气概。

值中国人民“抗日战争胜利纪念日”前夕，约在潜山工作的内亲一道，乘车从梅城西去，瞻仰了天柱山抗日阵亡将士陵园。

抗日战争时期，国民革命军桂系第48军176师，自1937年，为抗击日寇，出师南京，转战苏、沪、皖、鄂，经淞沪会战，历时6年，经大小战争百余次，歼敌数千。该师后驻防大别山区，为彰显抗日阵亡将士的爱国行为，永久纪念忠烈，经范苑声先生（时任安庆行署专员）提议，皖、鄂边13县军民合作，在天柱山麓野人寨修建陵墓，征地动工，1943年完成。

据工作人员介绍，葬于墓中的遗骸，是由工程组到曾与日寇作战的战场上按片调运，用特烧制的高二尺、直径一尺的瓦罐装好，用石灰封口，每罐一支竹签，用墨笔写上将士姓名、籍贯、部队番号。原计划安葬1200罐，后因难以搜集遗骸，只下葬了985罐，其中有三位团长遗骸。正面有墓碑7块，罗列阵亡将士姓名。两边立有一对石狮，铺有台阶，四周砌有汉白玉栏杆。为永久保护陵园，1943年开办了景忠中学，后更名为野寨中学，是安徽省示范中学。天柱山抗日阵亡将士陵园是安徽省重点文物保护单位。校园北倚天柱山，南临潜河，风光旖旎。占地面积230余亩，建筑面积6万多平方米。校园内古木参天，长松落落，花卉缤纷。有马尾松、银杏、黄连木、紫藤、樱花、冬青等众多植物。正如野寨中学校歌："浩淼潜川，巍峨天柱，壮哉野寨风光。堂堂公墓起岗峦，先烈永流芳。景忠厅，读书堂，纪念意深长……"

20世纪80年代后期，我曾先后几次来野寨中学参加安庆市中考阅卷工作，住在后面的招待所里，因工作忙，只大略观望了陵园及校貌，离现在快30年了。今天是怀着崇敬的心情特来瞻仰的，且是旧地重游，更增添了浓浓情感。眼见校园内楼宇新建多幢，原有建筑物均装饰一新，呈现一派欣欣向荣的景象。孝经碑、启航石、校训石、思源泉等错落有致，忠烈祠、浩然亭庄严、肃穆，特别是高耸于广场的崭新纪念塔，充分展示了陵园、学校统一的特殊格局。走进广场，面对纪念塔，工作人员介绍：2013年10月26日，国民革命军第48军176师“抗战阵亡将士纪念塔”落成典礼在此举行，以此缅怀先烈、教育后人。野寨中学在此举行七十周年校庆。

这是全国唯一一座留存于中学校园内的大型抗日阵亡将士纪念陵园。野寨中学也是全国唯一为保护烈士陵园而建立的学校。在这里，抗日烈士英魂安息，浩气长存。野寨中学全体师生员工，在“景忠、成人”的校训指引下，从辉煌走向更大的辉煌。

太湖县抗日烈士墓

太湖县是深受日本侵略军残害的地方。1938年、1942年日寇先后两次从东西两路进攻太湖县，在650多平方千米的土地上，盘踞一个月之久，在弥陀、田家滩一带骚扰多时。日寇所到之处，狂轰滥炸，杀人放火，奸淫妇女，滔天罪恶，罄竹难书。抗日部队的将士们，为捍卫中华民族，激战疆场，英勇作战，给敌人以重创。

为纪念抗日英烈，太湖县人民群众修建了抗日烈士墓。据笔者所知，计有：一、东山头抗日烈士墓。地址在槐树岭附近，面积较大，约一亩。内有多座高大、厚重、庄严、华美的大理石墓碑，上书烈士的姓名，还有墓联：“为国捐躯，黄土一抔横壮气；还乡化鹤，青山千古护忠魂。”“杀身成仁，英名垂千古；尽忠报国，雄威震九州。”二、大石乡抗日烈士墓。地址在大石乡周庄村。墓联是：“黄土长埋，忠魂永驻；青山不老，英气长存。”三、廖家墩抗日烈士墓。地址在原李杜店大路边。内有多座大理石厚碑，上书抗日烈士姓名等。

太湖县抗日烈士墓使当年为太湖人民群众流血牺牲的抗日烈士英魂安息，教育太湖县一代又一代后人，继承先烈的光荣传统，为伟大事业，谱写崭新的一页。

于2014年8月28日

铁面冰心

早想去包公祠瞻仰，由于杂事羁身，虽多次从包河经过，也未能果断地下车。这次一个偶然的机会，使我魂牵梦绕多年的宿愿实现了。

包孝肃公祠坐落在合肥市中心区的南侧，是安徽省重点文物保护单位，赵朴初先生为之题字。肃穆庄严的青色砖瓦结构，飞檐翘角，雕梁画栋，别具一种古色古香的韵味。祠分前后两重，左右殿堂。后重正中央安放着包公的巨型塑像。右边有包公画像，左边陈列着包公生前使用过的刑具龙头铡、虎头铡、狗头铡模型。两边殿堂陈列着有关包公及其后裔的历史文物：包拯和包拯的妻子董氏、长媳崔氏、次子包绶、次媳文氏、长孙包永年等六块墓志。还有后人为铭记包公政绩而书写的楹联、碑帖等。正殿的横梁上挂有“寒芒正色”“卢阳正气”“清风亮节”的镀金横匾。

包公塑像前那副长联的文曰："照耀千秋，念当年铁面冰心建谠言，不希后福；闻风百世，至今日妇人孺子颂清官，只有先生。"

包拯（999—1062），即包公，字希仁，北宋庐州合肥人。故里在肥东县文集西边的凤凰山，官至枢密副使，谥孝肃。他任庐州知府时，有个舅舅犯法，他依法鞭挞。他任端州（今广东肇庆市，端州的"端砚"与"湖笔""徽墨""宣纸"齐名，被誉为"文房四宝"）知州，离任时，不持一砚归（《宋史》）。宋仁宗时，他任开封府尹，让老百姓直接向他告状，一些皇亲国戚都很怕他，不敢任意欺压群众。

包拯清廉自持、执法不阿的品质，在封建社会里，确实是难能可贵的。所以赢得了后人"铁面冰心""清风亮节"的崇高赞誉。

步出祠堂，天空飘下鹅毛大雪，那临水建筑的座座亭台，那富有特色的河心拱桥，那一行行翠竹、一株株苍劲松杉，都披上了银装。但我内心春意盎然：这晶莹洁白的冰雪，该是人民给包公又一首绝好的赞美诗啊。

磨头岭西行

太岳公路磨头岭，是九田乡与河口乡的分水线，乘客车凭窗遥望，山势逶迤起伏，高峰东侧的兰家山上行行洁白房舍，宛若仙境的琼楼玉宇，巧夺天工。

倏忽之间，车驶上高岭，旅客们正惊叹乡民当年凿山开道的豪情壮举，一幅辽阔的高空天然画面，正铺展在眼帘中。

汽车如凌云行驶，群峰远远地环簇，浩瀚空宇，博大苍茫。源出蕲春的方田河、弥陀河蜿蜒向东流入花亭湖。众多支流，与纵横交错的道路，组成山间一道道网线。镶嵌在山间的人工湖，如一面面明镜，反衬出太阳的光辉。

西边两座横空出世的山峰，远的是海拔1110米的将军山，气势雄伟，峻耸青天。近处是海拔1088米浑圆巨大的桐山。两山雄踞皖鄂交界处，如两位英姿威武、雄才大略、顶天立地的伟人。眼看这壮美河山，不禁令人感叹：伟岸的河山啊，在漫漫的历史长河中，该有多么悠长丰富的人文底蕴呢。楚吴衔远道，斜阳映碧烟。

北方淡青色的天幕下隐约可见“中天斜插一支峰”的佛教禅宗圣地——司空山，前面是海拔846米的三尖寨南坡，东向延伸成绵长的岭岗。广袤的原野，连绵的青松翠竹、板栗园、茶叶园，层层梯地接蓝天。一座座村庄，一幢幢楼房，凭山色，映波光，人在画图中，烟云缥缈际。

旅伴们正陶醉于山乡景物时，车已驶过河口街，穿越木梓坳，太湖县山乡重镇弥陀镇已近在眼帘，那向四周延伸的街道、楼宇，高耸云霄的铁塔，熙来攘往的车流，展现出充满时代气息的古镇新风采。

有人遥指长岭那香樟翠竹掩映下的“百草林”朱湘故居，我不禁眼含热泪，暗诵自己写的吊唁诗句：“每到弥陀倍感伤，彷徨泪眼吊朱湘。才高万丈年华短，杰著千秋炽热光……”

有人指着街前方山中的弥陀寺说，弥陀寺建于唐太宗贞观年间，面积1000多平方米，有上中下三个大佛殿，住庙僧尼十余人，香客不断，灯火常明。1927年，寺庙第一次被洪水冲毁，后又修复，最终被日本侵略军于1942年11月18日彻底焚毁。近年来县和镇领导重视人文建设，弥陀寺得以重建，比以前建设得更具特色呢！该庙现在暮鼓晨钟，梵音琅琅，香烟缭绕，好一派风光啊。

旅客们兴致正浓，默忆着山乡一天天美好，车子又加快速度，向安乐河、圣迹寺进发，每一处都有悠久的文明史。

一段旅程如一段歌，山乡的路啊，越走越宽广。

依依玉米情

玉米俗称苞谷，又名玉蜀黍，禾本科玉米属，一年生草本植物。

玉米原产于南美洲，明朝时传入黄河流域宁夏一带，清代以后，渐传至全国范围，目前是我国产量居第三位的粮食作物，仅次于小麦、水稻。玉米成为我国北方西南山区、旱谷地区人民群众的主要粮食。

按粮质、粒色分，有黄玉米、白玉米、糯玉米、棕玉米、杂玉米。只要有适宜的温度、水分以及有机质丰富的土壤，便可生长。

玉米，除人类食用外，还可作家禽家畜的饲料，它又是药食同源作物，对人类多种疾病有较好的疗效：健脾益胃、防便秘、防动脉硬化、防衰老、防癌（内有胡萝卜素、维生素、抑制致癌物质），玉米须利水渗湿、消水肿。煮玉米为药，时间越长，功效越显著。玉米是增进健康的佳品，内含微量元素硒，有抗氧化作用，能护肤养颜。

少年时，我到姑妈家附近读书，那儿是山区，山民们利用山间平地种玉米。一到夏天，远远望去，那株株颀长茎秆，淡绿的披衣，宛如海洋上滚动的波浪。停立广阔原野，披绿色纱装，迎风招展，挺立的茎秆，株株向上，缤纷多彩的绺须由浅白直至深黄，顶花直指长空，怀揣一根根壮实苞棒。这正是一幅生机旺盛的玉米生长的图画。

姑妈将刚灌好浆的嫩苞谷米磨成浆，掺点韭菜、红辣椒丝，用菜籽油煎成“浆粑”，酥、脆、香、黏，是很难尝到的美味。她老人家将蔗糖炒苞谷米，装入薄铁瓶让我带到学校里作零食。每当我在姑妈家住宿时，她就用细苞谷粉煮糊，有时还掺和南瓜片，黏细玉米糊芳香诱人，我一顿能吃两小碗。苞谷浆粑、糖炒苞谷、南瓜苞谷糊，一直是留在我脑中的美食。姑妈待我如己出，她的慈爱一直留在我的记忆里。

山区种玉米，怕野猪糟蹋，母野猪带公野猪、小野猪成群结队，凶猛异常。野猪獠牙锋利，把苞谷啃得零落凋残，狼藉不堪。山民们有智谋，能吃苦，沿苞谷地边盖起芭茅棚，棚内安起床铺、炉灶，维持生活，晚上在苞谷地上燃起一堆堆篝火，挂起栗制的风锤、竹制的风绑，有的还特制了射击野猪的火药铳。入夜后，篝火通明，风绑被风吹得叮当叮当叮当响，山鸣谷应，此起彼伏，野猪被吓得逃避、躲藏，苞谷地安然无损。饿了，山民们就将摘来的苞谷，放在篝火堆旁烧烤，边吃边大声吆喝着吓野猪，这别具一格的护粮夜景，只有常年耐劳苦的农民朋友，才可能观赏到。如今野猪已被列入野生动物保护名录，不能随便杀生了。

“一年容易又中秋”，广阔原野上的玉米一片金黄，联合收割机将一行行玉米齐齐刮下，随着皮带滚动，从脱粒机口下来的玉米颗粒，聚成渐次增高的谷堆，收获的农友们快乐地忙碌着，欢笑着。

我是个教师，每年都利用假日在菜园一角种上玉米，按作物栽培学的方法选种、锄草、培肥。这会儿棒子渐次增大，近几天，我全家也有新苞米品尝呢！

宣庄避洪

洪波汹涌赴钱桥，白荡湖宽急浪高。
多谢宣庄情谊厚，深恩未报愧难消。

——《竹园诗文选》

1954年夏，长江中下游阴雨连绵，越下越大，江湖塘堰水面陡涨，望着滔天的洪浪，人们心里发慌，不知如何面对。

我当时就读的学校是湖东初级师范（后改为“枞阳初级师范”），学校坐落在当时县府所在地汤沟镇附近，两边是不太高的平缓山岗，山下有几排平房。唯一的楼房与山岗并列，两头各隔三丈左右。楼房里有校长办公室、教务处、总务处、图书室、阅览室、储藏室、台球室……我们学生的教室、寝室都安排在平房里。校后是宽广的肇丰圩，校前离坟地“琵琶山”大约五百米，山上棺木大都裸叠，红的、黑的、白的都有，想是此地地盘紧张，无法掩埋，山边几株歪斜的杂树、古松，阴森森的。坟地前面是一望无际的圩田，直达长江堤边。眼看洪水从校前、校后涨起，学生会号召全校同学共三百余人筑堤护校，同学们热情高，干劲大，还引吭高歌……可长江大堤已决口，滔滔洪水，汹涌而来，校内平房、楼房都被洪水淹到窗台，只有第二层楼之上能住人。学校决定提前放暑假，四面八方的船只纷纷前来，接同学回家。

我乃异乡太湖县人，当时家中父母已离世，是个漂泊无依的孤苦青年，幸有枞阳县好心同学邀我到他们家中去暂住。我选择了钱桥镇宣庄村的吴启友同学。启友待人诚恳、随和、热忱、质朴，他很欢迎我去他家。我请求学校发给我2个月生活费，学校照发了，每月8.3元，共16.6元，这是学校对我的特别关照，其他同学都没有。邹昌元校长的恩情，我永远铭记于心。

我们乘坐的船是木质机帆船，船较大，船舱里有机器的哒哒声，船帮内侧伸出的长条木板凳上，坐了一些人，甲板上坐的人较多，除少数几个外客，都是本校同学。他们家住山区，无洪水淹房之虑。白荡湖方圆九十里，洪水滔天，船起伏颠簸，浪涛从远处翻滚而来，涌向船舷，人们有些惊慌，不过由于船体较大，总体还算平稳，心情便慢慢放松下来。湖中大大小小的船只来来往往，远方的树木、房屋呈现深褐色，洪波荡漾，别是一番滋味在心头。

与我和吴启友挨得很近的是班长吴春联。他说，白荡闸是当时的苏联专家帮助制造的。天旱时开闸放水可灌溉湖区广大农田，宽阔的湖面可供沿岸渔民养殖、捕捞，真是“一网鱼虾一网粮”呢。他指着湖岸边错落有致的街房说，那些商店里货物不少，土特产各具特色，生意很红火。我静听着他叙说，船已到达湖的北上方了。吴启友指着右前方大山下松竹林处说：“那里就是我们宣庄村。”放眼遥望，那儿参差不齐的房舍，斜斜长长的一大片。吴春联手指向左前山下平坦的地方说：“我家在那儿，离启友家路程不远，过几天，你和启友一道去我家玩。”正说着，船靠岸了，旅客们纷纷下船，我带着装有书、衣服的小包跟吴启友向他家走去。

吴启友将我引进他家时，他父母热情地接待我。启友做了简单介绍，我当即喊他俩为“爷爷”（当地方言，指父亲）“妈妈”，他们待我十分亲热，当即给我安排住宿、学习的房间，地面干爽，窗明几净，整洁卫生，桌凳齐全，房间大小适中。我和启友将书、文具摆放得整整齐齐，每天按时学习。虽是炎热夏天，因地处山区，仍较凉爽，让我获得了一个很好的学习环境。

我数学功底差，较难的几何题、代数题算不出来。启友说，本村有一位在芜湖机电学校读书的吴同学，数学特好，你可向他请教。启友真带我去了。一见面我就看出吴同学是个扎实精干、热情待人的青年，他详细介绍了学习几何、代数的方法，并借给我几本我急需的几何、代数书及练习册，我如获至宝。我对照着反复演练，遇到难点就去向他请教，这对我数学水平的提升，有很大的帮助。

启友有个未婚妻，人很清秀，从不多说一句话。妈妈说，她是从小抱来的，启友坚持不要她，其实她是个好伢。我乃晚辈，只能听妈妈陈述，静静地听着，不便发表什么评论。但内心认为：小妹为人勤劳、朴实、清秀、整洁，待人诚恳，应该有幸福、平安的生活。

妈妈和小妹做的饭菜，清香可口；爷爷、妈妈、小妹勤劳，园子里豇豆、辣椒、西红柿、葫芦、黄豆、丝瓜、小白菜……应有尽有。常有切成长片的黄澄澄的腊肉、香喷喷的腊肠佐餐，爷爷不几天就会去一趟钱桥街买回鲜猪肉、新豆腐加餐。其实，他家并不富裕，为了关照我这个异乡学子，特地花钱费力，将伙食搞好一点。

在爷爷、妈妈、启友、小妹的善待下，两个多月暑假快要过去了。学校寄来了开学通知，师范学校膳食费全免，每学期需缴8元的书籍簿本费，我心内暗忖，只有将那件新绸衬衣卖掉，差不多可换8元。第二天早饭后，我拿着那件衣服上钱桥街去卖，在一家理发店门前，我向理发师说："请买下我这件新衬衣吧，只要8元钱。我家住太湖县，我在湖东师范学校读书，没钱交学费。"坐在椅子上理发的人问："你现住哪个村？""宣庄村。""学费我替你解决，你明天找我拿钱。"我说："谢谢你，这衣服给你了。"理发师当即大声说："你这伢不晓得事，这是区里李书记，衣服你拿回去穿，李书记叫你明天找他拿钱。"我说声"谢谢"，低着脑袋回去了。第二天，我托启友去村里领回了那钱。中共枞阳县钱桥区委李书记救济我这个异乡穷苦青年的学费，数十年来，我常常铭记于心，未曾忘却。

妈妈说："我和你爷爷商量好了，启友有学费，你也有学费，你这伢何必过度操心。"我说："叨爷爷、妈妈两个多月的麻烦，实在不好意思，你家不是富户，哪来那么多钱啊。"我深知，爷爷、妈妈的心里，是将我看成他俩的亲生儿子啊。

临行前那天，妈妈还为我与启友准备了炒玉米花、咸鸭蛋，分别装在我俩的包里，嘱咐我今后要常回家看看。当我和启友踏上回校的航船时，我回望爷爷、妈妈依依怅望的身影，遥想小妹单纯、稚洁的心灵，不禁产生出挚挚情怀。

1955年新年伊始，因工作需要，我和部分同学提前毕业，分配在长江边离枞阳不远的长河区第四中心小学（陡门小学）任教。两个月后，接到妈妈从钱桥宣庄村寄来亲手做的新布鞋一双。望着妈妈密线缝制的新鞋，我热泪盈眶。

因多种原因，我虽多次想重返钱桥宣庄村，看望爷爷、妈妈、启友和小妹，可终未成行。今年是2014年，离我避洪灾暂住钱桥宣庄村已整整六十年了。听说爷爷、妈妈早已去世，启友和小妹状况如何，后代怎样，均不得而知。但愿天假我时，在我有生之年，我能赴趟宣庄，在爷爷、妈妈坟前忏悔我忘恩负义的罪孽，与启友和小妹畅谈这数年的状况，聊表我魂萦梦绕钱桥宣庄村的耿耿情怀。

写于2014年7月2日

七号码头

一株稚弱树苗，最需要人的细心呵护；一株受霜欺雪压的小草，最需要和煦春风；一个身世飘零的青年学子，最需要温暖的情怀；一个异乡来的旅客，最需要好心人指点迷津。

宁少年时，如一只冒着料峭春寒的小鸟。慈母，步数年前故去的父亲旅痕西去，宁孤苦无依，形同路边小草，心灵里藏着深深的隐痛。为奔前程，乞丐般挑起破旧衣物，去一个远离家乡的地方求学，经小船一昼夜颠簸，当万道霞光快落下地平线时，宁才到达长江边的古城，离求学的地方尚有半天水路。

宁身边少得可怜的钱，除当晚住宿费，只有买两个烧饼的钱，没奢望有顿美美晚餐。最担心的是，明天的船票需多少钱，抵岸后路程还有多远。

将寒碜的行李放进旅店后，宁来到江边七号码头售票亭询问。值班员宋秀菊，是位十八九岁的姑娘。她望着宁破旧的衣衫、憔悴的神色，听着宁焦急的陈述，这位和善的姑娘，显露出关切的神情，轻言细语地说："安庆至桂家坝的小轮，明晨七点准时开，你提前来买票，下船后就从汤沟镇左边西行约两公里，就到了你求学的地方，那可是个山清水秀、闹中取静的好地方啊。"还叮嘱宁："明晨可要准时来，一天只有早、午两班船。"

七号码头售票员姑娘宋秀菊的和蔼态度，亲切语言，直接表明她内心善良，即使对陌路人也给予关注，她那细心指点的挚挚情怀，如留在宁心中的午夜航灯。数十年后，宁将这一幕镌刻于心，永难忘记。

那晚，宁睡在客铺上，听着江边大街上流动小贩的叫卖声，算命先生小铜锣叮、叮、叮的脆响声，伴着二胡的抑扬幽怨声，心潮汹涌，怀着几分凄凉、几分希冀，迷迷糊糊地进入了梦乡。

除　夕

农历腊月最后一天，俗称除夕。过年是中华大地长期传下来的习俗。年头接年尾，新岁衔旧岁，暖春换寒冬，确是人间一年一度的佳节。

家在层叠连绵的大别山区，住的是土木结构平房，堪称现代竹篱茅舍。入夜，散落在山村里千家万户的电灯齐明，像银河繁星，像春江夜月，像蓬莱盛会。一盏盏，一簇簇，灯光闪烁，将寂静的山野，连缀成美丽的海洋。

鞭炮声连绵不断，噼噼啪啪，轰隆隆，一阵紧一阵，时而四周聚响，时而散落悠长。鞭炮声哨音般飞腾高空，又一声巨响，团团焰火，飞向迷蒙深邃的苍穹。

三代同堂的家中，男女老少，围坐暖炉，看中央电视台春节联欢晚会，爷爷、奶奶慈祥地微笑着，孩子们吃着糖果、花生。室外寒风飕飕，室内春意盎然。流行歌曲响起来，孩子们欢快地附和着，抑扬顿挫的旋律，荡起一堂笑语欢歌。

孤身老人，对炉独坐，蓦然回想起往日的旺盛年华，幸福、热烈，代之以寂寞、凄凉，冷清清的氛围，鸡鸣犬吠，寒鸦夜啼。鞭炮声如夹带抨击心灵的碎石……一幕幕往事，如烟云过眼，只不过留下一片美好的记忆。苦难人生，为何竟如这漫漫长夜。

身在异乡为异客的游子，海上、码头、大都市、旅店……远隔千里，鸿雁纷飞，可曾将浓浓的乡情带回梓里，带给望穿秋水的高堂双亲，带给独对妆台的闺中女子。故园羁旅路茫茫，欲抚平颤栗的心灵，无如望长天远水，山黛烟青。

“守孝每怀音笑渺，思亲常望白云飞”，大门前那副蓝色楹联，倾诉出思亲的悲怆与无奈。回首孩提时，勤劳的父母，夙兴夜寐，烈日下在田畴耕耘，寒灯下缝补衣衫。今夕何夕，远去泉台的爷娘，可曾听到庭前的爆竹声，可曾欣尝坟台的奠仪酒。

除夕，意味着岁序更新，又将是春风吹拂杨柳绿、春雨滋润杏花红的良辰美景。这，不正是筹划新年谋办事业的大好契机吗？未来的风风雨雨，日日夜夜，坎坎坷坷，有备还是无备，振兴还是颓废，是傲立潮头、劈波斩浪，抑或躲避风云、蜗居斗室。应思梦、寻梦，要梦想成真。工于未来者，乘除夕这继往开来的良宵，在此催人奋进的热烈氛围中，精心设计，架设一道通往理想王国的桥梁。

欢度除夕，是热烈人生的好风景，使心灵得以慰藉、升华，庆贺走完了一年一度的人生路。

啊，漫漫人生路。

骑 车 女

沙河，源于望天乡古皮尖，蜿蜒绵亘于崇山峻岭间。她，时而清波荡漾，时而洪波汹涌，是北中山区的一条水文大动脉。洪水冲下来的鹅卵石，铺垫在碧澄澄的水波旁。为方便师生来往，北中高中门前的河上，在高四米多的河堤上，架了约一米宽的水泥板桥。由于河面宽阔，远远望去，这桥像一条细微的银灰色的长长的线，隐隐约约，线影模糊。

她，一个十几岁的少女，英姿飒爽地骑着自行车从那细线桥上飞驰而过，像一只灵巧的燕子，轻盈地从河东飞过来。

我正在楼上凭栏远眺沙河夏景。一瞬间，我的心顿时提到了嗓子眼。

好一个女高中生，前途无量啊，万一跌瘸了腿，残疾了，将何以生活，何以为人民服务啊。

环生的险象，难言的担忧，无穷的后患……在我脑际中，一幕幕显现出来。

好在所虑并未发生。她甩着齐耳短发，密匝匝的汗珠将她的绿汗衫湿透了，她忽忽地将自行车停放在楼下走廊上。

我那一颗悬着的心，安然地从高处放下。

“以后再莫骑车过窄桥啊。好好一个姑娘，摔成残疾人的后果，你想过么?”

“谢谢老师关心我，今后决不再冒失啊。”她莞尔一笑，进教室去了。

沙河的水涨了又落，河中的鹅卵石被冲走了，又被冲来了，比往日更多，线路更长。

骑车女过狭桥的画面遗痕，常唤起我对往事的回忆。

沙河，是旧日的沙河，又非旧日的沙河。那狭窄的一线桥，早于十多年前不见了，换成了宽两米多的钢混结构的“乡关大桥”，两旁建有坚固美观的桥栏。

众多行人和汽车、摩托车、自行车熙来攘往，络绎不绝。骑自行车的少男少女，在碧波荡漾的河上，怡然自得，谈笑风生。

当年担心绿衣少女骑车过狭桥致残的心理，倘在今天，纯粹是心多过虑，杞人忧天。

“沙河桥映月，两岸叱风飙。汽笛惊山鸟，童歌逐浪涛。”“半月影横空，风波几万重。长虹连两岸，天堑鸟途通。”这是青年诗人吴竟元《咏沙河桥》的句子。

著名的国家级风景名胜区花亭湖上游，现已修建了大小桥梁数十座，如沙河乡关大桥、弥陀大桥、百里大桥、牛镇大桥、南阳河大桥……一座座坚牢、平坦、宽阔的大桥如天际彩虹，碧空弦月，嵌映山乡。

一个雨天，我乘坐的小轿车行驶在太湖城长河大桥上，汽车喇叭声、摩托车汽笛声，清脆、激昂，一阵接一阵。我从连续而来的车流中，看到有部天蓝色的崭新的摩托车，雨幕下的轻盈势态，倏然而过的头盔，眼镜后那双明眸，不正是当年那“绿燕子”机灵的双眼么？还有头盔旁露出的绺绺短发，显示出她那飒爽英姿。

我想，当年骑车过窄桥的绿衣少女，正傲立潮头，抟击在万里长空。

重 阳 节

又到了“一年一度秋风劲”的重阳节。

小孙女儿学玲站在大门口，红扑扑的小圆脸翘得老高，带着稚气的童音好远都听得见：“姐姐，姐姐，快回来哟，奶奶蒸的糕粑熟啰。”“快哟……熟啰……快哟啰……”

听到喊声，塘岸大路上背着小书包的勤囡，快跑起来，用红头绳扎的羊角辫一甩一甩的，她在学校念了一个早晨的书，肚子正饿呢。

早饭摆上了桌，两大盘粉渣肉，辣椒炒米虾，丝瓜汤，嫩萝菔菜，青毛豆……香喷喷的白米饭，香喷喷的白糕粑。

念长、艳荣夫妻俩坐在两个孩子中间，念解和他母亲同坐一方，我独坐右上座。这座次是历来形成的惯例，大约我是孙儿辈爹爹的缘故吧。

我享受着家庭生活的温馨，难得的天伦之乐。喜形于色，可心里升起一缕缕淡淡的忧伤。

念长、艳荣明春将带着我两个可爱的孙女儿上新屋去住。新屋是1988年建成的。“屋是要人支撑的。”这是农村的古话，他夫妻俩很勤劳，会种庄稼，近两年又学会了栽桑养蚕。小两口离而立之年不远，早到了自立门户的年龄。

明年的重阳节，我的大儿媳夫妇和两个小宝宝，能再在这个堂屋里同我们欢进早餐么？

远方的念竹呢，虽比哥哥小，也到了该成房入户之年，只因目前尚无固定职业，又要解决自己经济拮据的境遇，没来得及提娶媳妇的事。

曾记得念竹高考落榜那时，有些人用鄙夷不屑的目光看待我：

“你高中教师有啥用，你儿子不是像浮萍、柳絮一般随水漂流，跟风乱舞么？”

“你儿子高中毕业有啥用，能捧上金饭碗么？我们行业职工初中毕业的子女也比你儿子强。”

“你粉笔灰倒比我们行业多，有啥用？”

……

这些令我五内俱凉的冷语，戳得我浑身颤栗，头晕眼花，几乎使我走不稳路。

“尊师重教”“教师是最崇高最令人羡慕的职业”……难道只是一个个虚幻的光环、一顶顶令人啼笑皆非的花帽子？我百思不得其解。

冷静沉思，世界从来就是这样矛盾的。有真、善、美，就有假、恶、丑。事物都是对立统一的，古往今来概莫能外，何必计较世俗人的评头品足、飞短流长呢。

我绝不是鲁迅先生笔下的阿Q，阿Q被人打了，自我解嘲说“儿子打老子”。

生活中，我总是学习用看待问题、分析问题的棱镜：辩证法。

人是要有点精神的。我数十年来浇灌了满园桃李，五彩纷呈。把脑袋削得尖尖的、往油腥里钻的吸浆虫可不是英雄！

念竹无法就业的困难，触动了我已在社会上崭露头角的学生，他安排念竹去做事情，时间一年，待遇也还可以，使我暂时放下了这个包袱。

唉，前路茫茫，在风浪里颠簸的一叶小舟，何时能登临彼岸。

他妈妈望着桌上的饭菜若有所思地说："竹儿不知在哪里过重阳节？"

"他在罗溪乡，定比家里生活好。"

我这话是有根据的。太湖县山区民风淳厚，当地人热情好客。当然，我这么说也是为了减淡他母亲挂念儿子的情思。

恰在这时，对门小姑娘文香端来一大碗糖芝麻粉拌糯米粑。为接待小姑娘，他妈妈便把想念竹儿的话搁下了。

今天，"独在异乡为异客"的念竹的心里，定不会忘记"每逢佳节倍思亲"啊。

明年的重阳节，念竹会找到固定职业么？会提亲么？他弟弟念解的知识能提高些么？……这是我心里一连串的几个大问号。

前不久，有位同龄人在路旁握着我的手，要我了解家庭给予他的沉重负担。他向我读了一首诗："黄牛老马历艰程，俯首挨鞭奋力行。鼻串缰绳牵制住，不容超脱此余生。"看他穿着旧白大褂，我心里很不是滋味。

我安慰他说："你这位名医师，原来是一位诗人呢。"

是啊，我已年逾花甲，虽天际夕阳红艳艳，毕竟离人生终点站不远。同龄人的一席话、一首诗，该是用另一种方式启迪我啊。

"老有所学，老有所为，老有所乐"，是现代老年人的向往和追求。

我已度过三十八年的教学生涯，即将退休。退休后将如何开辟新领域？我希冀这领域是浩渺无边的海洋，供自己游泳，使自己晚年有所学，有所为，有所乐。我绝不充当饱食终日、无所事事的懒夫，我常铭记前贤的箴语：“哀莫大于心死。”

“无边落木萧萧下，不尽长江滚滚来。”

春华秋实，物换星移。人生的旅程也和大自然一样，永远遵循着规律的车轮前进。这就要求人深刻地认识规律，把握规律，利用规律。只有这样，才会娴熟地驾驭历史规律的车轮，行驶在柳暗花明的春光里。

于1992年秋末

冰天雪地报亲恩

大别山南麓的太湖县漫天大雪，气温降到-3℃，公路上的积雪层不断加厚。早晨七点，他驾驶着自家的那部银灰色小汽车，沿省道缓缓向山区开进。他左拐右拐，通过何家岭、团坡岭、酸枣岭、貂鼠岩等险段，艰难地去长河源上的家乡扫墓。下了车他率妻子和儿子披上雨衣、撑开雨伞，向西边的崇山峻岭间父母的墓地艰难地走去，那儿离公路有二里多，山中气温更低，冰凌更厚，每走一步都得十分小心、吃力，何况他已是快到知天命之年的人了，更得特别当心，免得摔伤筋骨。

好容易望见父母亲的墓碑，他眼噙热泪，仿佛父母亲在向他和妻儿频频招手，像生前盼望儿子回家过年一样，儿子到了家，两位老人就有说不出的欢乐。

他和妻儿在父母坟前摆放了鲜花和祭品，躬身拜奠，低声泣诉：父啊，妈啊，若不是二位老人家长年种地、养猪、卖柴，我哪能上高中，哪能进南京有名的大学。一粒粮，须挖地、下种、中耕、施肥、收割、扬晒；一头猪，须一瓢水、一把菜、一瓢糠，长年喂养；一担柴，须从山中砍倒、锯断、劈开、运回，还要挑到镇上去卖，长年累月，流血流汗，二位老人家的辛酸，难以用语言诉说啊。

当妻子、儿子慢慢将他扶起下山时，他身上已全是雪，简直成了一个雪人。他不感到寒冷，只感到父母亲情的无限温暖。他想：我可能远远比不上二十四孝中那些感天动地的大孝子，但仍要假扫墓习俗表达对父母恩情的感激，从而使自己的心灵得到少许的慰藉啊。

2013年2月8日

大　河　堤

早春，我从大河堤信马由缰地边走边望。蜿延伸展的大河堤，将既长又阔的大河圩簇拥得宁静安详。我的内心不禁萌生出缕缕情怀，庆幸自己生在这附近的村庄，庆幸从这儿获得了人生难得的爱。柳枝泛绿了，枯草泛青了，宽远长堤，草长莺飞，生机无限。

那次，我在大河堤上遇到表姐兰芬，她老远就喊：“表弟，竹林表弟。”我快步上前迎着表姐，姐弟相逢，分外亲热，乐滋滋地回答她的问话。她身旁有个少女，十几岁的样子，扎根长发辫，飘拂的刘海下，闪现出澄明灵润的两湖春波。鹅蛋形面庞清纯秀丽，身材窈窕，行动快捷。趁表姐与我打招呼间隙，她默默地注视着我。蒙爱神眷顾，在兰芬表姐的牵引下，那位芳名琼秀的少女，竟成了我的未婚妻。

自从那次见面后，琼秀常来我家，与婆母唠叨，帮老人家洗衣、种菜……有时，我也跟她一道去她家，一对得爱的少年男女，沿途说说笑笑，其乐融融。我在欢乐的氛围中沉浸了一年，风云倏变，连朝淫雨，洪水滔天，狂风呼啸，大河堤上树枝被刮得七零八落，有的树被连根拔起。大河堤被撕开几个口子，天际乌云黑压压，堤上断枝残叶随洪浪翻滚向前。恶劣的天气，映衬着我当时的凄苦家庭，早年寡居，将我拉扯大的慈母，沉疴莫起，竟撒手人寰。

在几位表兄帮衬下，买来一副白棺材，简单地将母亲送上山后，再无力上学，只得蜗居在大河堤旁独山坡前租来的两间土坯房，靠种一亩二分田、几块河滩荒沙地度日。那时，琼秀尚待字闺中，她竟穿着孝服泣拜婆母灵前，并轻言细语地劝慰我，劝我莫过度悲伤，莫损坏了身体："妈妈望你成才，有出息，你得好好对待自己啊。"她的挚语，是我永生难以忘怀的。

琼秀深知我孤苦无依，在我无法进行婚礼状况下，来与我成婚，过着日出而作、日落而息的穷苦日子。我们种田地，兼搞制挂面。那时无砸粉机，为了将小麦磨成粉，琼秀将小麦淘洗去沙后晒干，夜晚，我俩像毛驴一样，拖着沉重的大石磨旋转。一斗五升麦，两个多小时才能磨好，我俩相互擦抹细密的汗珠，"夫妻恩爱苦也甜"。

有时，闲暇的夜晚，我提笔写当时的生活感受，琼秀坐在我身旁，其中有句很凄苦哀伤的话："有良好的侣伴，而无良好的家庭，前路茫茫，未知何处是登临的彼岸。"

我与琼秀在大河堤那两间土坯房中，度过了极艰苦又极甜美的日子，生活窘迫，躬身劳作，实属寒碜；可有纯净善良、秀外慧中的情侣相伴，岂是万两黄金、盈仓白米所能买来的。除了禅修成仙成佛外，还有什么能与甜美的两情相依相悦的境界相比呢。

鲁迅先生说，地上本没有路，走的人多了，也便成了路。料峭春寒的正月，我安排琼秀去娘家暂住，毅然去太湖县城复学读书。家境贫寒，直觉处处低人一等，可我的精神是激扬进取的，学习刻苦用功，有次考试英语不及格，我躲在城墙头哭泣，决心迎难补救。学校对我这个孤苦青年尽力关照，授予甲等助学金。那是初一年级第二学期，到高中毕业，还需五年。家里无经济支援，确无达到目标的希望。我向学校诉述了情况，并请求同意我去报考太湖师范。校领导同意我去免学费的师范学校。当年，太湖师范招收一个速成班，50人，报考的有500多人，我被录取，有幸进入了无生活之忧的学校。一年后结业，学校分配工作，可以拿工资了。这时，我反复考虑，自己科学文化水平太低，今后如何在社会上立足呢？我向学校提出读正规班，学校同意，并告诉我："正规班名额我校分配了十名。"新学校在湖东县（后改为枞阳县），离太湖县有数百里，我当即报了名。那是1953年暑假，我挑着小木箱和棉被，乘船由太湖至安庆，改乘长江小轮至桂家坝，在宽阔的长江大堤上举目遥望：粗大的杨柳树将大堤装扮成绿色的海洋，浪涛滚滚。联想起家乡的大河堤，内心另有一种难以言表的滋味。

在师范读了一年半后，到了1955年元月，因工作需要，我提前毕业，被分配在长河区第四中心小学，即陡门小学，学校在长江堤边，风光极美，常常可吃到长江中的鲜鱼。第二年迁往靠山的祠堂，改为民主小学。我，本是一个孤苦无依的青年，读书时，有一次借一角钱，借到第五个人才借到。可我人穷志不穷，觉得初级师范毕业，文化太低，学历太浅，还想继续深造，刚好，1956年中央提出“向文化科学进军”，我写报告呈长河区人民政府，管文教的唐区员批准了。我边教书边复习，黎明即起，午夜方眠，功夫不负苦心人。那年枞阳县有十三位小学老师报考，只录取了二人，其中有一名即是我。我接到安庆师范学校通知书时，热泪盈眶，这是辛酸的泪、欢喜的泪、激动的泪啊。

在安庆整整过了三年，从未离开一天，直到1959年秋被分配来太湖县城关中学（后改为树林中学）任教。20世纪60年代初至70年代，在太湖中学任教时，我连续几年参加合肥师范学院、安徽师范大学函授、面授学习，取得了大学中文系（本科）毕业证书。

这些年，我走过太湖县的长河大堤，枞阳县和安庆市的长江大堤，心灵深处，从未忘记曾经感受过凄风苦雨的大河堤，从未忘记伴我艰难度日的琼秀。她那纯净的心灵，真诚的希冀，将永生永世伴随着我。尽管条件使然，劳燕分飞，我与琼秀只有半路姻缘。但，丝毫无损于我与琼秀之间的可贵真情，不影响我对杨柳依依、啼鸟争鸣的大河堤的回望。

妻如绿叶

我从事教书育人的教师工作，算得上科班出身。我生在农村，长在农村，熟悉农村的人情风物，热爱农村的山水田园，喜爱农村姑娘的纯朴勤劳，因而娶了个农村姑娘为妻。

我的父亲和母亲早已先后去世，妻进门后家中只有我俩。我去学校工作，家里一切，就全靠她来支撑了。

她每天黎明即起，里里外外一手抓。孩子出生后，首先要注意孩子的安全，门前有石头台阶，屋后有小水塘，得处处留心。天旱时，更要起早摸黑，管好承包田里的水。禾苗生长期，杂草长势更旺，她得荷锄中耕不辍，三五天一遍，从这畦到那畦。杂草与禾苗竞争，禾苗长势优劣与种地人勤怠成正比，“锄禾日当午，汗滴禾下土”，古人的诗，形象地展示了种地人的辛苦。

夏收季节，她得下地割麦，扛连枷上场打麦，秋收时要下田割稻，晒干，扬净，放下这样忙那样，有时用一条长长的阔厚带将孩子捆在肩背后劳动，长年累月，含辛茹苦，顶夏日骄阳，耐寒冬冰雪，还忙得挺欢，充分表现了中国农村劳动妇女可贵的精神风貌。

方承乐与夫人

每当我假期远

道来家时，她笑容可掬地迎接，打来温水让我洗脸，沏好一杯松萝茶，奉在我面前的条几上。还引来孩子喊“爸爸”，又忙着去厨房煎荷包蛋做汤，这汤内加了葱花等佐料，香喷喷的，确实是一道别有风味的葱花煎蛋汤。我返回学校时，她牵着孩子们远送，不忘嘱咐我：“要安心将学生教好，千万不要挂念家啊。”

我常想，男儿当自强。陶行知先生“捧着一颗心来，不带半根草去”的名言，永远是我行动的指针。我不断激励自己，严格要求自己，教育教学成绩一直名列前茅。20世纪50年代末，我在城关中学工作，后又调至太湖中学工作，荣获中共太湖县城关公社党委、城关人民公社“甲等先进工作者”称号；60年代初，荣获太湖县人民政府“先进工作者”称号，出席了太湖县群英会，并获得了奖状和奖品。1961年农历正月，由中共太湖县委宣传部武世鸿部长领队，赴合肥出席安徽省大中小学万人跃进大会，我们城关中学只有朱诗成校长和我二人。在省体育场规模宏大的会场上，省乐团演奏嘹亮的国歌，当时的省委书记曾希圣、省长黄岩、省委副书记桂林栖等领导在主席台就座。黄岩同志正作报告时，天空中许多架飞机向广场散发有关教育发展的宣传材料，那热烈欢呼、群情激动的庄严场面，是我在那之前从未见过的。那时，我们食宿在合肥师范学院（现中国科学技术大学所在地）。大学生为我们当服务员，早点有白米稀饭、糖心包子、大馍，中晚两餐都是十菜一汤，可说是优待有加。

从60年代中期起，我一直在北中工作。1985年，获得了太湖县教育局、太湖县教育工会颁发的“工会先进工作者”称号；1989年，获太湖县人民政府颁发的“教育先进工作者”称号；1993年，获得了中共北中镇党委“优秀党员”称号。

1994年我退休了，下定决心竭尽所能，继续为社会做点事，以报谢伟大的祖国、伟大的中国共产党长期培养、教育我的深厚恩情。我先后担任《太湖报》通讯员、《安庆日报》“特约通讯员”、安庆《卫生与健康》报通讯员，还应聘为太湖县人武部、太湖县广播电视局通讯员，参加了太湖县诗词书画学会、太湖县作家协会、安庆诗词学会。在省内外报刊上发表了文章数百篇，诗词数百首，在省作协会员、太湖县作协副主席朱家托先生，太湖县文联知名作家张桦先生大力帮助下，出版了个人诗文集《竹园诗文选》。

党和人民并不因我退休了就将我看成弱类，反而一次又一次奖励我。这些年来，我先后获得了中共北中区党委、中共百里镇党委、中共北中镇党委“优秀党员”称号，多次出席太湖县宣传工作大会，荣获县委、县政府“宣传思想工作先进个人”“优秀通讯员”光荣称号，并荣获安庆市卫生局“先进个人”称号。

我的作品获中共太湖县委组织部、太湖县人武部、太湖县广播电视局、太湖报社等单位奖励。我想，这一大摞“荣誉证书”“奖状”，是党和人民对我人生某阶段的鉴定书和评价表。对此，我只能不断自我激励，决不能滋生丝毫骄傲情绪。同事们赞誉我是“一面红旗”“一朵红花”，我很赧颜，点滴成绩，在浩瀚的社会海洋中只不过是秋毫之末，微不足道。

古人说，“红花虽好，还需绿叶扶持”。静夜思量，即使我是党和人民培养的一朵红花，还得衷心鸣谢数十年与我风雨同舟、患难与共的贤妻。她为我顶起家庭半边天，给我解除了后顾之忧。妻如碧油油的绿叶，映衬红花的韧性的绿叶。

夙兴夜寐　自强不息

——记优秀共产党员姚新华

在太湖县北中高中淡绿色教学大楼宽敞明亮的教室里，有个端庄文静的年轻人，他手执教鞭，指着巨幅地图。随着他手臂的移动，几十双眼睛在地图上找到了深圳、珠海、汕头、厦门四个经济特区，大连、青岛等沿海十四个开放城市和海南岛。“对外开放是我国的基本国策。”这个声音洪亮的年轻人，就是县优秀共产党员、先进工作者，素负盛名的地理教师姚新华。

北中高中是大别山区皖鄂交界地区的一所小型高中，在这里就读的大都是农家子女。早在第二次国内革命战争时期，北中区内就建立了苏维埃政权。为同敌顽斗争，许多共产党员、革命志士为人民甘洒热血，这是块红色土地啊。只有精心备课、竭忠尽智，才对得起九泉下的先烈。他1978年来高中工作时，只有23岁，是个仅有高中学力的代课教师，资历不深，经验缺乏，承担毕业班地理学科教学工作，谈何容易。面对重重困难，他不退缩，不自卑，知难而进，刻苦钻研，黎明即起，深夜才睡，将全部精力用于钻研教材教法，并虚心去兄弟学校同科老教师那里求教。功夫不负有心人，1979年高考成绩揭晓后，他教的地理成绩，列太湖全县九所高中同学科第二名。当年的成功事实，使姚新华的工作得到了大家的肯定。

为了在知识领域里深深扎下根基，姚新华同志于1986年参加了自学考试。他担任党支部书记、总务主任，工作繁忙，但他绝不因此而丝毫放松学习。自学的十二门功课中，现已有科学社会主义原理、大学语文、法学概论、自然科学概要四门学科达到合格标准。结合上级教育部门举行的专业考试，姚新华同志学习上肩挑多担，正抓紧学教育学、心理学、地球概论，接着要学自然地理、人文地理。他还表示决心教好包括毕业班在内的两个班的课。头绪多，担子重，姚新华同志志存高远，精力是挺旺盛的，精神是挺乐观的，拿他的话说："忙就忙一点吧，定要做到工作、学习两不误。"

（原文系太湖县人民广播电台、北中广播电台1987年6月广播稿件）

短暂的生命　璀璨的光辉

——记优秀共青团员张义训

惊闻噩耗

1988年9月10日，太湖县北中区中小学教师和全国各地教师一样，正欢度一年一度的教师节。北中高中传出了一个惊人的凶讯，高二学生张义训因抢救落水儿童，献出了年轻的生命。教师们脸上立即布满了阴云，晶莹的泪花遮住了视线。

洪水无情

9月9日，发源于大山中的沙河，山洪暴发，洪峰像脱缰的野马，奔腾咆哮，低矮的水泥平板桥，早被淹没在水下。

中午过后，桥上的水已有小腿肚深，水流湍急，有较强的冲击力，但也有人过桥，农民张华9岁的儿子就过去了。这时沙河小学一年级学生7岁的小欢也准备过桥，但有点胆怯。正准备过桥的北中高中学生张义训，马上追上去牵着他摸索前进。行至河心，小欢突然落水，这时张义训跟着扑向洪水中抢救，他毫不吝惜地丢掉自己的提包冲上前去，再次拉住了小欢。洪水迅即将他俩冲至距桥3米多远的石堰坝上，那里洪峰更急，白沫横飞。由于冲力过大，他再无力拉住小欢了。

在石堰坝下，对于素有一定游泳本领的张义训来说，如果只顾自己，完全有力量游上岸，只见他惶急地寻找要救援的目标小欢，随洪流翻滚拼搏前进。

就在张义训落水那千钧一发的时刻，北中高中青年教师何立平、陈礼旺，学生吴礼伦、陈文清，纵身跳入洪流抢救。岸上，全校得知讯息的师生跑步过来支援。中共北中区委书记王章根、北中派出所所长黄义武、北中高中党支部书记姚新华等同志，有的骑上摩托车，有的骑上自行车，沿河追赶、打捞，终因水势凶猛，无法奏效。直到9月11日晨，才在距落水地60里外的田家滩河滩上找到尸体。刚满16岁的张义训，因舍己救人，英勇地牺牲了。

他永远活着

张义训在桐山小学、中学读书时，曾被评为“优秀少先队员”“学雷锋做好事标兵”“三好学生”。王同学突发阑尾炎，他协助老师把王同学送进医院，并熬药端水；陈同学突遭蛇咬，是他用嘴吸出蛇的毒汁后再敷药；同学小陈怕过莲花沟，是他背着他泅渡过去；农民陈明的老母亲挑水困难，他经常为她挑水。田同学说：“我和义训从初中到高中同学四年，他帮助我解决了数学上不少难题。”曹同学说：“我和光道同学因为家里穷，早想退学，义训劝我俩，‘半途而废，是没有志气的表现，将前功尽弃’。”辛同学高一下学期没带被子，张义训抽一床给他。李同学有时无钱买日用品，他倾囊相助。

张义训高一的班主任陈老师说："张义训是个好学生。他一贯遵守纪律，尊敬老师，对人有礼貌。有一次生病请假回家，病未痊愈就坚持返校上课。他不幸罹难，我心里感到悲痛。"

共青团太湖县委发出文件，追授张义训为优秀共青团员，号召广大团员和团外青年，学习张义训舍己救人的英雄事迹。

张义训的死重于泰山，他短暂的生命绽放出了璀璨的光辉。他将永远活着，永远活在人民的心里。

（原文系太湖县人民广播电台、北中广播电台1988年12月广播稿件）

殊死的搏斗

——记从疯野猪獠牙下救助人命的英勇山民

12月23日上午，一头发疯的大野猪从桐山赤水河奔过陈园畈大河，窜向百里乡象狮、叶河两村中间的山腰，又嚎叫着向太百公路旁叶河村詹屋组机耕路奔去。它伸出獠牙，将象狮、叶河、太平、东口、大竹5个村10余人咬伤。

他救了别人，伤了自己

现年36岁的朱生爱，是象狮村朱河组农民。那天，他正和吕克来等砌公路石坝。10时30分左右，前方传来呼救声。疯野猪正在咬叶河村詹屋组30多岁的村民老方。老方的左腿、左前臂、左小腿被咬得血肉模糊。朱生爱、吕克来等迅即扛起大木杠救助。疯野猪对朱生爱猛咬，他五处受伤，左右下肢血肉淋漓，左腹股沟伤口达40厘米，皮肤及皮下组织缺损，股内肌断裂。左右小腿伤口深达肌层，衣服被撕成碎片，流血不止。百里医院医师用“减张缝合术”治疗，并说：“如皮肤坏死，还需植皮。”当时，吕克来也被咬伤。

疯野猪在百里大河西咬伤数人后，窜向河东赤百公路，此时已是上午11点多钟了。

张河小学教师王弈、响水村青年农民王理彬正行走在东口村公路上，猛见野猪咬一少年，那是大竹小学12岁的男生阿泼。阿泼的右大腿外侧已被咬伤。与他素不相识的王弈、王理彬迅即举起堆在路边的大石头砸去。两人再搬石头猛砸，经多个回合与疯野猪猛斗，两人的衣服湿透了。后来，他俩将阿泼送往乡医院治疗，后又通知其家长。阿泼的家长说：“要不是他俩奋力相救，我孩子早没命了。”

她为救护小孩血流如注

太平村河边组38岁女村民施荣霞在大河边山上打柴。双休日，百里初中13岁学生小玲、响水小学9岁学生小燕、响水小学幼儿班5岁学生顺子、太平小学幼儿班6岁学生小凯，四人一起在大河沙滩上玩耍。从河东折回河西的疯野猪正跑向小孩。施荣霞见此情景，心想：“计划生育好，小孩是活宝。”忙拿起竹耙前去保护小孩，疯野猪眼中射出凶狠的光，朝她猛咬，将她拖离原地两丈多远。她臀部、大腿内侧四处受伤，皮开肉绽，鲜血染红了大块沙滩，浸透了被撕破的衣裤。医师说：“她入院时，面色苍白，发烧，昏沉沉的。”她母亲为她洗衣服时，老泪纵横，心痛不已。

殊死的搏斗

正在门前劳动的村民汪承芬、汪承加、汪海华、朱双华等，听到女人的呼救声，立即拿起各种工具前往救援。疯野猪回击，分外疯狂，左、右、上、下咬、抓。经过2个多小时的搏斗，汪承芬狠狠地一击，汪承加用铁钎戳瞎了它一只眼，众人奋力猛击，终于在下午4时左右，将这头疯野猪打死在百里大桥下的河滩边。

（原文载于2000年12月29日《太湖报》）

百里河畔党旗红

百里河，大别山中的红色土地，有写不完的光荣历史。1947年冬至1949年春，共产党人王中、陈文耀、柳叶青、徐有志、陆荣贵等，先后在大竹冲、南斗冲集会，与敌人展开激烈战斗，壮烈牺牲，为革命流尽了鲜红的血。中共百里乡党委，从严治党，求真务实，1999年荣获县“执纪办案先进单位”称号。

哪里有困难有危险，共产党员就出现在哪里。1998年夏，连降暴雨，五月间吴畈水库出现水口堵塞，大坝面临崩溃危险，共产党员张义满、李金雷，不顾年老体弱，先后6次下到3米多深的涵洞边掏圆球阀，苦战2个多小时仍未奏效。情急计生，借来粗大吸水管吸出涵洞内积水，避免了坝外200余亩稻田被毁的危险。

同年6月，青花河堤长1500米的险段上，被洪水撕开5个大缺口，耿家工委书记，青畈、花园两村党员，干群500余人，顶风冒雨，打桩、垒土，衣衫尽湿，泥水淋漓。经3个多小时奋战，终将缺口堵住，保住了堤外300余亩秧苗。乡党政领导、一般干部，进村入户，重点访问烈军属户、孤儿户、特困户。这项工作现已形成制度。乡干部每月下村工作不少于15天，与村民同吃同住同劳动。群众动情地说："共产党好，为人民。"

柳青村党支部书记杨朝焱，是有名的"贩销大户"，率村民科技致富，荣获市"劳模"称号。叶榜村党支部书记熊海超率村民大力调整结构，人均收入由1996年的800元，上升至2000年的1200元，荣获县"优秀党员"称号。团岭村党员村主任朱生涛，将茶场扩大到250亩，茶叶年产值16万余元，获县"优秀村干"称号。青畈小学女党员、校长王闰春，勤恳教学，二十年如一日，多次获县教委表彰……

鲜红的党旗，高高飘扬在百里河畔，引导百里乡人民群众创业绩，展辉煌。

（原文载于2001年6月26日《太湖报》）

乐为山乡育桃李

——记百里镇叶河富士康希望小学特岗教师詹琼兰

24岁的詹琼兰，2010年毕业于阜阳师范学院教育系。她热爱山乡，热衷于培育下一代，放弃去大城市求职的机遇，毅然报考特岗教师，被分配在叶河村富士康希望小学任教。

初到学校时，她任三年级班主任，每周12节语文课，而且还要教五年级、六年级英语，每周共8节。面对繁重的教学任务，她认真备课，详细写教案及教学笔记，不断改进教学方法。在实际教学中学，在学生反馈信息中改进。三个班的主课程，几乎没有几节空堂。在教育方法上，她反复调整、改进，日趋进步。她总结正反两方面经验后认为：作为老师，内心要爱护学生，关怀学生，但对违纪行为，要严肃批评，从严教育，学生才心悦诚服。

去年冬天特别冷，她带领三年级学生在课堂上做运动，活动身体，激励学生幼稚的心灵，带着小学生们一起抵抗寒冷。孩子们一个个真挺过严寒，握着红红的小手写起字来，并且更加带劲了。她带的三年级还办起了学校第一份墙报，为其他班级树立了良好的形象。

詹琼兰志存高远，常提笔写作，在许多杂志报纸上发表过文章。她在2010年“国培计划”——安徽省农村骨干教师培训项目中通过了考核。

通过一年与孩子们的生活，她认为农村老百姓纯朴忠诚，孩子们天真活泼，自己住的虽简陋但空气新鲜，虽远离城市的繁华可身心感到温暖。正是靠着和孩子们的浓浓感情，她从内心爱上了农村小学特岗教师这份工作。

（原文载于2011年9月9日《安庆日报·太湖周刊》）

为创辉煌大竹冲

“远看像要饭的，近看像烧炭的，仔细一看，原来是林业站的……”现年33岁的刘继东，1998年从黄山林校林业专业毕业，来太湖县百里镇林业站工作，2008年6月任站长。他热爱青山绿水，将造林、育林、预防森林火灾、严防乱砍滥伐视为要务。记得2008年，一次他上山扑火，被不法分子安的“老虎夹”夹住了脚，疼痛难忍，身上直冒汗，经众人帮助才解开，大家都劝他休息养伤，他仍坚持同众人奋力扑火，忍痛坚持到扑灭了大火才下山。集体林权制度改革工作中，他面对纷繁复杂的局面，与林改工作人员一道查档案、讲政策、勘界确权、勾图、填表录入、打证发证、妥善处理林业纠纷，按时完成了林改工作。百里镇2001年被市政府评为“林改先进集体”，连续六年被市森林防火指挥部评为“森林防火先进单位”，刘继东同时被市政府评为“林改先进个人”。近几年，百里林业站先后十余次被镇党委、政府，县林业局、共青团太湖县委评为“先进集体”“森林防火先进单位”“青年文明号”等。2011年4月，刘继东当选为中共太湖县第十四次代表大会代表。同年7月，镇党委按省、市、县有关文件精神，选派他任大竹村党支部书记，后又被村民推选为村主任。2012年4月，代表安庆市基层党组织赴北京参加中组部举办的“全国基层党组织书记示范培训班”。

刘继东任村主任的大竹村，山场达9000亩，耕地仅1300余亩，农民人均年收入4000余元，主要收入来源是外出务工。原来的村委班子凝聚力较差，是个“后进村”“难点村”，他按科学发展观、以人为本精神办事，常常深入组、户，与老党员、老干部、农民群众悉心交流。“当村主任心里要装得下老百姓，要真心为老百姓办实事”，他这样想，并脚踏实地去做。有一次，村干部开会，一张姓村民闯入会场，大声嚷叫，事后他与一村委员走访谈心：“你对村里有想法，我是村支书，有责任帮助解决。”

对方感情疏通了："我相信你是一个能为民办事的好书记。"取得了民心，工作自会顺利开展。建章立制，按章办事，村里大事须经党总支、村两委、党员大会、村民代表会议"四议"，实施过程、实施结果"两公开""一监督"（村务财务监督委员会）。鼓励能人大户承包造林，目前已培育大户10户，如该村的李文齐先生投资40万元，在唐家寨栽种的油茶，成活率达98%，4000株绿化苗已长到2米左右，油茶套种桔梗，今年桔梗产量2万千克左右，可获利20余万元，今年投资4万元去河南买回了羊种32只，使山场形成种、养一体的发展模式，目前已发展油茶种植1000亩，真正使荒山披上绿装。

通过争取项目和村民自筹并投工投劳，已修好400米的王屋路，修好通县道的桥头塌方路，垒筑起桥头坝，投入石方1500立方米、土方1000立方米，整修了库容20万立方米、灌溉面积0.1万亩的唐八斗水库，接通了村民长久期盼的自来水，修好了新屋。大竹村已规划在"十二五"期间利用资源优势发展油茶种植2000亩，种植瓜蒌1000亩，建提灌站，修环村公路1.1千米，建桥梁一座，明年建村部大楼，修好当家塘。该村诗人唐西川《闲议大竹村干部》赞曰："迎难发展施方略，为创辉煌大竹冲。"

（本文作者系朱生果、方承乐，
原载于2012年6月12日太湖县人民政府网）

难忘的情谊

俗言"人间自有真情在，世上还是好人多"。在我的生命旅程中，我亲身得到了体验。

8岁那年，岳西店前河畔瓜园畈程家新屋的程家培先生，将我这个不谙世事的小孩，带到他就读的私塾学堂“归墅楼”（现共和村朱家新屋右的小山腰上）。塾师是朱墨成老先生。大哥哥们认真听课、勤奋读书的情景，家培兄房间里图书文具桌椅摆放整齐，四处清洁，氛围雅静，再加上他教我“将来也要像他们一样认真读书”的金玉良言，使我幼小的心灵，耳濡目染地认识到青少年应有的求学态度，对我以后的学习和生活，有着极其深远的影响。

后几年，我去店前报考司麓中学，家培兄专程接我去他家做客。他家坐落在雄奇峻险的司空山南麓，门前田园广阔，花木成荫，一道小河蜿蜒向东流去，丘陵田野间散布着排列整齐、错落有致的房舍。风光无限美好。

更难得的是家培兄身上的无限风光。他是以人民教育家陶行知先生关于“教师要处处为人师表”的教导为指导思想，严格要求自己。不爱浮华，崇尚务实；言谈举止，文明简捷；书香之家，清雅朴素；言必由衷，诚信友善。那时，他是一位小学教师，身居群众中，处处与群众打成一片，毫不摆知识分子的架子。

又一次，他在冶溪河畔的司麓小学（司空北麓）任教，我当时在太湖中学读书，路过那里，又去跟他同宿一晚，那是1952年夏，我因父母先后故去，正处于落魄求学困难时期，家培兄一如既往，春风满面地接待我、招待我，并一再勉励我战胜困难，一步一步前进。

大诗人莎士比亚说：“人生是不安全的航海。”家培兄曾遭遇人生挫折，我去看他时，他已面容憔悴，言语缓慢，但他正直善良的情感还在。他热爱教育事业、热爱人民群众的事迹，广为乡民传颂。他勤于走访。他学过有关中医中药知识，常常用自己从山中得来的中草药为学生、为乡亲治病。他任教过的司空山南、北两边的群众，都念叨着："程家培是一位好老师。"

家培兄已去世多年了，但他的风范常存，永远是人们心目中的好榜样。令人欣慰的是，家培兄门庭兰芳桂秀，都是兴旺发达之家。想家培兄九泉下亦当含笑瞑目。

1953年上学期，太湖师范已由姜山岭迁到太湖老城，对于我这个无父母的孤儿，在师范学校读书，膳费全免，无饥饿之忧，还能求知上进，已是沐浴了时代的化雨春风。因孑然一身，家徒四壁，想添置一件新衣服、一双新鞋，有点零用钱，只能是奢望。

西正街（河街）营业员曹隆裕先生得知后，凭借他与建筑工程队的师傅们关系好、熟人多、朋友多的优势，介绍我利用节假日去建筑工地劳动，按工计酬。经隆裕兄介绍，师傅们一个个对我特别亲热，还称赞我"有志气，能吃苦耐劳"。有了打工的机遇，腰包里就有钱，不仅添置了学习用品，还添置了新衣新鞋，精神愉快了，学习的劲头更足了。

隆裕兄常接我到他家做客，他夫人朴实、热情，夫妻俩将我看做是同胞弟弟，准备了热茶水、好饭菜，还夸我能克服困难，将来必定有出息，是株好苗子。直到我参加工作后，还与他家来往。

后我调回北中工作，与他家联系少了。隆裕兄去世，我没得到讯息，恩情未报，"自责"的心理，不时唤醒我应有的良知。

毕业于扬州建筑工程学校的许映玉先生，是安庆建筑工程公司新来的技术人员。1958年暑假期间，我被介绍在龙狮桥安庆第一钢铁厂工地勤工俭学，实际是搞点收入，作零用或买学习用品及衣、鞋。许先生见我是安庆师范学校的特困生，常抽空来与我谈心，指导我许多学习方法，并在生活上给予尽可能多的关照。

暑假结束后，我回到学校上课，以为再也难见到许先生了。不料，在农历八月中秋节前的一天，许先生竟来校找到了我，并买来许多学习用品及多种花色的月饼给我过中秋节。我们学校规模大，楼房多，是安徽大学的旧址，全校师生员工有2000余人。他和同事们的工程技术班子工作繁重，身负城东龙狮桥、城北肖炕两大工地几座大钢铁厂的设计、施工任务。在纷繁复杂的环境中找到一个人，当时又没手机，真是很不容易。

我得知许先生还未结婚，他向我说，已经谈好了。我认为许先生是将学习、工作安排在第一位的人，25岁已过，算是晚婚了。我暗想待他结婚时，买点贺礼，略表心意。我俩萍水相逢，他可真似我的亲兄啊。

遗憾的是，当时未留下通讯地址，在以后漫长的岁月里，尽管我内心常常惦记他，实际上是鸿雁纷飞，只能是怅怀长天远水，明月清风。

1955年初，我在长江边枞阳县长河区第四中心小学（陡门小学）参加工作时，还是个二十出头的青年，朝气蓬勃。难免引起校内外一些人的羡慕，有谁知我出身穷苦，内心艰涩。因远离故乡数百里，且家里无人，放寒假了，只得单身一人留校过农历大年。幸有工友闻老相陪伴，他住地下室，我住用钉木板围成的楼层。除夕那天，校团支部书记吴多信老师，派他的妹妹吴芳莲姑娘来看望我，并提来一大竹篮礼物。内有糯米淌浆粉、挂面、豆粑、熟猪肉、鸡蛋，还有一双新棉鞋。我接着这么多礼物，心里非常不好意思。芳莲是本校四年级的学生，她与我坐了一会儿，我一方面询问她家里的情况，一方面勉励她发奋学习，并表示对她家深深感谢。吴老师为何不派他弟弟吴守恕来？守恕是本校六年级的学生，我当时主带五年级，兼带了六年级的课。守恕是我直接教过的学生，而芳莲我并没直接带过课。

吴老师青睐我，他定与父母亲及弟妹谈过我的情况，想我未来做他的妹夫，从后来他弟、妹待我的情况印证了我的推测是不错的。我在安庆读书时，守恕在写给我的信中多次谈要改称呼。1956年，中央号召“向文化科学进军”，我向当时长河区文教区员提出暑期报考，唐区员同意，但要我边教学边复习。全枞阳县共有13名小学教师报考，结果只录取2人，即我与唐满达，他被录取在池州师范，我被录取在安庆师范。我赴安庆那天，天气晴好，我的同事吴多信老师买了礼物，亲送我到大轮码头，直到船开动后，他还在岸边向我频频招手。此情此景，令我终生难以忘怀。

1958年上学期一个周末晚上，我和部分同学在教室里看书，三班振华同学喊我，说有人找。出去一看，竟是两年多未见的枞阳县吴芳莲妹妹。我不好引她去教室，也不便引她去寝室，只得陪她从校内慢步走出校园。那时，她在安庆玻璃厂上班，可能是临时工。她从身上掏出9元钱给我，那时的9元，可相当于现在的190元。那次分别后，虽我俩之后还通过几次书信，但再也没见过面了。三国时的孔明说："恢宏志士之气，不宜妄自菲薄。"只叹我胆小，怕以后生活无着，错误地失了爱情，对不起吴老师及他的父母弟妹，对不起依依眷恋我的吴芳莲妹妹啊！

枞阳县还有一位聪明灵巧的少女，那就是兰英姑娘。兰英是五年级班的班长，我是她的班主任，接触较多。她姐弟多，全靠父母农业劳动，家庭很困难，我便多关照她些。她特勤劳、朴实，与我的穷困出身似有共同的境遇。

我是从师范学校毕业的。记得我的老师郑重地、一而再、再而三，向我们强调过：在工作岗位上，万万不能与女学生谈恋爱，更不能胡来。

母校老师的教导，是我一生工作的指针。我对兰英有点想法，是很危险的。我当即写了封信寄与《人民教育》询问。《人民教育》及时回了信，信中指出："教师不能与在校学生谈恋爱。在学生毕业离校后，符合婚姻法的情况下，可以恋爱、结婚。"万万不能在群众中造成不良影响。收到《人民教育》回信后，我认为，绝不能任意乱开口，需严于律己，保持教师应有的高尚品格。

只是得知我即将离开枞阳，要去安庆学习的前两天，兰英来校看过我一次，从她的言谈及表露中，她对我这个异乡来的青年教师，还是有些感情的。我希望兰英能考取枞阳初级师范学校，可她没考上。1958年上学期的一个午睡时间，她乘小轮从枞阳来安庆找我，没找到，她走后，我去长江边那些旅店寻找，终未找到。想她可能乘船回去了，连面都没见到。那件事，真令我遗憾，永远永远地对不起兰英妹妹，对不起她那颗纯真的心灵。累她远道奔波，身心劳瘁啊。

1961年上学期，我任太湖中学初三班一个班的班主任兼负责语文教学工作，我出身寒微，热爱教育事业，备课认真，批改细致，热爱学生，与全班学生的关系都相处得很好。同校的李老师在下学期时，托我帮他解决个人的终身大事，他想与已毕业回家的女生巧文结为伴侣，托我向她通报。我想，巧文已回家几个月，他俩符合条件，没有教师与学生谈恋爱的嫌疑了，当即答复可以牵线。

我知道，巧文是个可怜的烈士遗孤，她父亲是新四军战士，在战斗中牺牲了，母亲亦已故去。现在与姑父姑母一起生活。受李老师所托，我特托人带口信叫巧文回学校一趟。

巧文于一个星期日的午后来到我的房间，这天，我看她穿的衣服较新，冬月，她特围了一条红毛线围巾。一个19岁的少女，正是花季雨季，显得光彩照人。我想，今天穿得较好，是有用意的，实际上，她还是个朴实、诚恳的姑娘。

她坐下后，没待我开口，她先讲话："方先生（太中那时称教师为先生），我将你的情况向我姑父、姑母讲了，他俩都同意。我是你的学生，当然同意。"当时，我已与斯玉枝领了结婚证。我就立即对巧文说："巧文，你误会了，我是代李先生介绍的。"只见巧文的面容立即阴沉下来，不愿意多讲话，悻悻地走了。

事后，我才醒悟到，巧文姑娘早把爱情给予了我，她那天穿戴较新，打扮了一下，或许是为了取悦于我，"女为悦己者容"。她指望自己喜欢的老师能成为她终身的伴侣。可丘比特射箭的时间晚了，无法挽回局面。巧文对我的深厚情谊，我将没齿难忘，但不能接受。

以上所叙的岳西店前程家培兄，太湖老城西正街曹隆裕兄，安庆建筑工程公司的许映玉兄，都是我生命旅程中的好兄弟。再就是枞阳的吴芳莲妹、兰英妹，太湖的巧文妹，都是我的好妹妹。还有，太湖城西下池口李昭求同学，1952年看我孤单地留校（太湖师范学校）过大年，跑许多路来接我去他家吃年夜饭。枞阳同班的齐曙霞、吴静宜、朱晓梅、周爱月、鲍南霞、李桂芬6位女同学共同出钱出力为我缝制布鞋，我打球跌伤后，班主任汪祥光老师请专人过九十里白荡湖，请来伤科医师为我疗伤，接好脱臼的左腿。吴春联、吴启友等男同学为我端水送饭，背我上厕所，吴启友在1954年洪水期间，还约我去他家度过长达两个月的暑假……我这个飘萍逐浪的穷苦孤儿，是伟大的中国共产党领导下的新社会中怀着“我为人人”的父母、兄弟、姊妹，共同劳力劳心，将我哺育大、培养大的。参加工作后，许多好领导、好同事从各方面提携我，帮助我，指导我不断前进。

我没有忘记党和人民群众天高海深的恩情，在教育岗位上奋战了四十多个春秋，多次获得上级颁发的荣誉证书、奖状。1986年，我加入中国共产党。文化科学知识上，我获得了安徽师范大学中文系毕业证书，在高中工作岗位上退休。

现在我年龄大了，今年（甲午）已83岁了。眼望伟大的祖国繁荣昌盛，工、农、商、学、兵一派生机，国力强，军力强。再看庭前的竹摇清影，桂茂兰芳，顿觉心神愉悦，特以回忆录的笔调，抒写过去的青春年华，分享夕阳红的美好今天。我不愿做人生过客，愿自己“渔舟唱晚”，响穷花亭湖之滨，司空南麓，长河之畔，留下一串串激情愉悦的琅琅歌声。

写于2014年

在北中高级中学欢送方承乐退休宴会上的发言

尊敬的学校领导，亲爱的同志们：

感谢领导和同志们深厚的情谊，在繁忙的工作中抽出时间，为我举行欢送宴会，这是给予我这个退休人员深切的关怀与慰藉。

北中是大别山中的红色革命根据地。我们北中高中坐落在这三尺红的土地上，担负着培养教育革命下一代的光荣而艰巨的任务。建校35年来（从1959年浮丘建北中初中计算），培育了不少优秀人才，他们战斗在祖国天南海北的各条战线上，为祖国社会主义建设做出了很好的贡献。

北中高中向来负有教学成绩好的盛誉，由于种种原因，近几年曾一度走入低谷。校领导和全校教职工，为谋求学校的生存发展，确保这块红色的教学领域，同心协力，呕心沥血，昼夜辛勤。请看：今日的北中高中，已沉浸在暖融融的大好春光里。黎明前麦克风就响彻沙河上空，晨读时课堂里书声琅琅，课外活动时操场上生龙活虎，那是师生们矫健的身影。教学工作扎扎实实，后勤工作有声有色，校园里生机盎然。我是学校一名退休职工，学校是我的依凭所在，衷心感到无比高兴和自豪。

我从1977年农历正月十八日来本校工作，现已十八个春秋。自惭学浅才疏，对学校未做出什么重大贡献。党和人民给予我的多，学校和同志们给予我的多，我回报党和人民的少，回报学校和同志们的太少。现在退休了，回想起来，深感遗憾。

“芳林旧叶催新叶，流水前波让后波。”新陈代谢是宇宙间永远不可抗拒的规律。请领导和同志们放心，我退休后决不颓废委靡，当继续自强不息，认真学习，从事力所能及的劳动，力争在乐度晚晴的日子里，让生命的最后历史，绽放出璀璨的光辉。

衷心祝愿全体同志以潇洒的姿态，乘大好时代的东风，团结在校党支部、校行政领导的周围，使教学工作、后勤工作“更上一层楼”，牢牢树立北中高中在全县人民心目中的光辉形象。

最后祝校领导及全体同事幸福愉快，身体健康，工作胜利。

于1994年3月10日晚宴上

大　征　联

兰花：幽谷发幽香香飘广宇
　　　兰花披兰叶叶映林园
梅花：松竹为俦岁寒傲骨
　　　雪霜何惧季冷开花
牡丹：朵大花繁根入药芳名传远代
　　　香浓叶茂春来早卉彩占先机
菊花：丝瓣千层繁花朵朵欢云锦
　　　秋风万里雁声阵阵逐征忙
月季：月月花开姹紫嫣红新月季
　　　园园艳绽千姿百态美园林

杜鹃：清明节至追悼先人承古德
　　　杜鹃花放遥凭丹寸寄哀思

荷花：莲为圣花洁雅绵延世代
　　　佛怀慈德吉祥普照黎民

茶花：簇簇繁花漾冰姿玉色
　　　丛丛碧叶拥万紫千红

桂花：月窟嫦娥舒广袖翩翩曼舞
　　　庭前丹桂送清香缕缕悠长

水仙：借水开花岁寒香溢室
　　　临波绽秆光暖叶盈盆

第四辑

小说人生

烟　花

听舅娘说，今夜界岭放烟花，五颜六色，霞光射得很远，盘旋的时间很长。小林的心痒痒的，舅父舅娘年岁大了，走不动十多里山路，小表妹刚8岁，更不可能去赶热闹，想什么办法去看那惹人喜爱的烟花呢。他从前到后，从左到右，四处打听，舅娘家是个大屋，有十多户人家。听说本屋就有二十多人去看，还有对门王屋的，柯屋的，上、下袁屋的，去看的人多着呢。小林内心欢喜的同时又暗自发愁：自己毕竟年小，刚进10岁，又是夜晚，没个人拉扯住，夜深了，寻不回来怎么办呢？

“小林哪，你兰姐带你去看烟花啦。”小林听出，那是周舅娘的声音。周舅娘50多岁了，舅父英年早逝，德生老表被国民党抓去当壮丁，音讯全无，死生未卜，大表姐桂兰出嫁了，小表姐香兰比小林大一岁多，她的刘海发下，那双灵秀眼睛，红扑扑的脸，怪惹人喜爱呢。她常带小林去园中看桃花、樱花，去河堤上看垂杨柳，她挺喜欢小林啊。听舅娘屋里有人说：周舅娘想将香兰姐与小林做媳妇。简短的一句话，像株有强大生命力的幼芽，埋在小林的心壤上。他想：周舅娘要兰姐带我去看烟花，该是多么甜美的事啊。

天刚放黑，黄泥畈上下的人大声呼唤着：“走啊，去界岭看烟花啰。”兰姐早牵着小林在人群中赶路，她一手提个小红灯笼，一手牢牢地牵住小林，遇有坎坷，她每每将小灯笼高高举起，照着小林，怕他跌倒了。“小林哪，小心点，慢点，我们赶得上啊。”小林想：可爱的红灯笼，照亮了我的路，温暖了我的心，多好的兰姐啊。回望兰姐那稚嫩的颊颜，刘海下一双清澈的明眸，小林说："兰姐，快到了，那前面大山坡上，人山人海呢！"她看着高坡的前方，挽着我，叮嘱小林："不要走动，你走动，我就找不着你了。"小林紧紧依偎在兰姐怀里，望长空中升起的万缕烟花，腾蛟起凤，辐射云天，将墨黑的夜晚辉映得绚丽缤纷。看啊，看，小林竟在兰姐怀中睡着了。兰姐轻轻地拍打着小林："小林，快醒醒，一会儿要回去啊。"小林与香兰，是亲密的表姐弟，虽无直系血统，但比有直系血统的还要亲，青梅竹马，相濡以沫。那晚看烟花，姐依弟，弟依姐，亲密情怀，将永远维系着这深情姐弟。

小林是个苦孩子，父亲去世早，全靠母亲种地纺纱，撑持他读书。在县城中学时，结拜的干哥哥龙炯深情厚德，怜小林孤苦无依，将他看成亲弟弟。经与工头协商，假日里，每安排小林去工地干杂活，如挑泥斗、送工具、保管储藏室等，零散的工夫忙个不停。买笔和零星文具的钱，再不需老母亲操心了，寒假回家时，还替母亲买了一条丝巾。母亲年龄大，冷风一吹，头就发晕，裹上这条长长的黑丝巾，她老人家的头再也不晕了。放假时，小林和几个穷同学迟离校几天，那是学校总务主任关照他们做小工，让穷孩子有点零用钱。趁这机会，他们去各寝室打扫时，捡几双同学丢下不要的旧鞋，留几双较好的自穿，其余的卖给街上收破烂的人。穷人的孩子想读书，就得吃苦耐劳，小林是这样想的，也是这样做的。

小林知道，周舅娘一把土、一把汗忙个不停，种田地，养猪，上山打柴，定要将香兰姐升学读书，她大女儿桂兰表姐常接济妹妹一些钱。用功的香兰姐德才兼备，名列前茅，已由学校保送高等师范专科学校。得到这一喜讯，小林高兴得接连几晚睡不着觉。

一个大雪纷飞的数九寒天，在江城师大读书的小林接到舅娘家急信，妈妈病危，小林远道归来，拖着疲倦的身体来到母亲床前，老人家一息微微尚存，舅娘与表妹在抹着眼泪，放大声音说，小林回来了。母亲眼神放亮，小林拉住母亲的手哭着说："妈妈，你不能走，儿子后年就毕业了，你也该享儿子一点福啊。""妈病重，不行了。小林哪，船到江中自……转……自，你定要读到毕……业……啊……"妈妈头一偏，撒手人寰了。

舅父舅娘和两位表兄帮助，临时搞来了一副未上漆的白棺材，将妈妈入了殓。小林在妈妈灵前写了挽联："椿树早摧残，赖慈亲绩月纺灯，供儿读书，定儿基根，辛苦落成家业；萱花今忽殒，孤哀子嚎天哭地，思母笑谈，欲母饮食，依然永隔音容。"

舅父舅娘和两位表兄家并不富裕，全力支持小林办完母亲的丧事，才依依告别这个孤苦伶仃的外甥，并给予许多安慰和鼓励。

望着两间旧屋、母亲房中的余针剩线、零星用具，物在人亡，归乡何处，小林哀伤地抹着眼泪，倍增无限伤怀。

遵母亲遗愿，小林在母亲坟前拜行七天祭礼后，带着母亲的希冀，回到师大读书，暗暗向家的方向念拜："娘啊，今后我只能望乡遥祭了，望妈妈安息。"

这期间，小林收到香兰姐的一封快信："林弟，惊闻姑母仙逝，内心悲痛万分，望弟以岳武穆、高尔基为榜样，保重身体，自强不息，以慰姑母于九泉之下，免我挂念心焦。你兰姐的心，将永远伴随着你。"

小林想：妈妈故去，我孑然一身，形单影只，像追逐流水的浮萍，像跟随狂风的柳絮，常感身世凄凉，神魂无系。幸好置身于大学校园的热烈氛围，沐浴社会阳光，享受大家庭温暖，还有难得的在师专读书的香兰姐勉励。小林憧憬未来美好的梦，隐隐在心田里滋长着……

发源于大别山南麓的长河，蜿蜒数百里，融皖水后汇入长江。沿岸的山林田野多彩多姿，春来一路花香，百鸟啼唤；入夏荫浓碧绿，稻谷、玉米、高粱、山芋、大豆等农作物生长茁壮；秋天人欢马叫忙丰收，层林尽染，雁阵高翔；冬季银装素裹，洁雅清新。

西北隅那长长的平缓山坡上，一幢幢楼宇，宽广的操场，秀美的花圃，校门前建筑别致的乡关大桥，将学校与长河镇连接在一起。小林来这长河高中从教，快到一年了。

学校宽大的走廊上嵌着哲人的名言。爱迪生："天才是百分之九十九的血汗，加上百分之一的灵感。"古希腊苏格拉底："一个人能有成就，只看他是否具备了自尊心与自信心两个条件。"毛泽东："世间一切事物中，人是第一个可宝贵的。"雷锋："自己活着，就是为了使别人过得更美好。"伯克："困难是严正无比的教师。"

小林常想，自己是穷人家的孩子，靠国家社会提携，才享有走上社会主义讲台的难得机遇。每天黎明即起，午夜才休息。将每节课教好，将每个学生培养、教育好，是自己庄严的职责。学生们称赞：小林是位热心、勤恳的好老师。小林还获得了许多荣誉证书、奖状。

一个周末，校办室的小何来邀他去观赏迎河寺风光。

小林爽快地答复了："我早就想去迎河寺呢。"他俩沿着绿涛荡漾的宽阔长河大堤，向东遥望，但见庄严的寺院，高耸的宝塔，气势恢宏。他俩慢步踏上大理石台阶，从宽大的寺院大门进去，依次参观了天王殿、大雄宝殿、观音殿、地藏殿，还瞻仰了千姿百态的诸佛菩萨。菩提树，明镜台，香烟缭绕，求神拜佛的善男信女络绎不绝。

"小林老师，你见过这么大的寺庙吗？"

"何止见过，少年时，我和妈妈一起住过庙，还和妈妈一起去安徽的三祖寺、湖北的五祖寺、上海的龙华寺、河南的白马寺、北京的碧云寺参观过呢。""佛家的《金刚经》《多心经》《地藏经》等经书，我也看过。""小林你还是个佛教通呢。""谈不上，知道一点皮毛罢了。""小何，佛经说，苦海茫茫，回头是岸，你认为是什么意思？""那是劝人行善莫行恶呢。""对，人生在世，应该多做善事，不做恶事。譬如我教书，你搞校办工作，都是好事。"听过小林讲佛教的一番认识，小何似乎也感悟到了什么：每个人应该善待人生呢。

在迎河寺的斋堂，小何点了几个素菜，与小林共进午餐后，二人很愉快地回到学校。

丹桂飘香的季节，长河高中呈现一派繁忙景象，开学时，报名的新生较往年多出二百多人，高一增加四个班，市里新调来十多位教师。小林得知香兰姐因学业优秀，被破格提拔为高中教师。区委副书记柳亚红前两天来校，自豪地对曹校长说："新来的教师中还有我们妇联的人呢。"这消息对小林来说，确是特大喜讯。他想：在人生道路上，与我梦绕魂牵的香兰姐，可相伴相依啊。

春天，迎来了学校五十周年校庆。恰好，小林与香兰的婚期也定在同一天——三月十五日。宽阔的长河高中校园内，邵逸夫大楼、勤学楼、勉进楼、图书楼、实验楼、回廊环宇装饰一新，花坛上群芳竞秀，喷水池中喷珠扬玉，红幅高挂，彩旗飘扬。迎宾队、歌舞队、校友，人人容光焕发，喜气盈盈。

入夜，广场上举行大型烟花晚会，小林紧挨着香兰落座于教师座的前排，望着天空中绚丽缤纷的烟花，回想起少年时界岭看烟花的一幕，他牵着香兰慢步走回宿舍楼中的洞房，明亮的电灯下，一对高高的红喜烛正在燃烧。香兰牵着小林的手在沙发上相拥而坐，茶几上那盆兰花含苞待放，满室幽香，将这对新人陶醉得春意盈盈。

放　飞

吉丙在县级市一所大专任文科教师。前些年豪气得很，在大众前说话时，语调铿锵，年轻气盛，处处表现得蛮有把握的神态。他任教的班级里那几个油滑学生，见到长得好看的女生便挤眉弄眼，甚至动手动脚，可见到吉丙时，立马规规矩矩，老实巴交。难怪师生们议论：吉丙老师身上有一把炽人的火，他担任年级主任兼辅导老师，的确是最佳人选。

那是前几年的事，已如烟云过眼了。这些年，吉丙呢，外表仍堂堂正正，实质上是一架空壳，神情恍惚，思想不集中，拖拖拉拉，丢三落四，失魂落魄，办事没底气……人还是原来那个人，为何变成这呆木头呢，原因是不久前离了婚。与他相处十多年的玲子离他而去，丢下一双儿女，女儿读高三、儿子读高一。

法院裁定：两个孩子全由男方负责，玲子分得了市区添置的一半房产，将来还可享受儿女的赡养。女人嘛，她生孩子时流过不少血，十月怀胎，三年哺乳，确实劳累辛苦啊。

玲子出身于乡村农家，只读了初中，她本想再升学，成绩在班上也是前十名。可她看父母身体不强健，家庭很困难，主动向父母提出休学，以便集中培养弟弟。她父亲摇摇头，不同意。她母亲叹口气说："家底这样差，玲伢既愿意，就随她吧。"

玲子帮家里种田地，放牛、打柴，用自己上山搞小秋收的钱，买了一部缝纫机，拜了师学艺。她想：自身有点技术，将来就能为社会做点事，为家庭出点力。

嫁到吉丙家以后，她处处顺从丈夫，善待丈夫。吉丙看到她是乡村"一枝花"，刘海发，黑辫儿扎红绒线，秀眉明眸，是个美人胚子，不免生出几分爱怜之意。婚后那几年，还算风平浪静，可随着时间的推移，吉丙的内心开始作怪：别人家老婆文质彬彬，能出场会客，能歌善舞，能说会道，且打扮时髦，鲜红的嘴唇、薄薄的胸纱、鼓鼓的乳房、短短的裙子、苗条的身材、长长的腿，而自己的老婆玲子，只不过是一个草根女人，教养差，文化低，三十刚出头，就憔悴得很，快成黄脸婆了，与知识分子匹配，太便宜她了。

诚于衷必形于外，吉丙从鸡毛蒜皮的事上找玲子的茬：衣服补得不平整，炒菜时间过长，不合色、香、味俱全要求，沙发没清理干净……还常常摆起大架子教训人："你喝少了墨水，我讲道理，你听不懂，我不想对牛弹琴……"

每天早晨他给玲子六元钱上街买菜，限于青菜，如要加餐买鱼、猪肉、鸡蛋等物，吉丙必自己上街，怕玲子积私房钱。他是将玲子看成自己的爱人么？

吉丙，本是个读书人，实际上鬼迷心窍，胸黑一团。他不懂作男人、作丈夫应有的态度是：要善待妻子。他不懂：人生最伟大的亲情，莫过于夫妻之情；人生最伟大的宽容，莫过于夫妻间的宽容；人生最有成效的忍让，是夫妻间的忍让；人生最不容思考的关心，是夫妻间的关心。妻子是一个家，是一个能给你浮躁的心带来安抚的港湾，爱，一旦拥有，就一定要珍惜。

可吉丙内心夜郎自大，将玲子看成生孩子的工具和女仆人。有一次午后，玲子拿着吉丙和孩子的衣服上缝纫机补小眼，吉丙阴阳怪气地说："你那么会缝纫，还不知在娘家可曾跟缝纫师有过什么。"玲子想，女人真苦，忙忙碌碌，辛辛苦苦，得不到半句安慰，反要受到猜疑和凌辱。她懒得和老公争吵，忍气吞声，把冤怨埋在心底。

吉丙长期恶劣的表现，击碎了玲子玉石般纯洁的心，逼得她不得不改变了。她将缝纫机移到街上一处租来的小店内，帮人家缝缝补补，并制小孩的衣服、帽子、书包，每天至少能赚取80元到100元。吉丙不乐意，发火也无效，谁叫他将妻子看成仆妇呢。

他自认为满腹才华，实际是不接受新事物、固步自封的傻瓜蛋。我们敬爱的周恩来总理和邓颖超同志，在长期的革命过程中，相互扶持，相互关心，肝胆相照，令人感动不已。百里镇中心学校姚新华校长，对从事小学教育工作的爱人李娥红，关爱有加，敬重有加，陪她赴武汉治病，为她下厨房、去菜园。他在著的诗文选《东篱草》中写道："再谱田园山水曲，相濡以沫我知音。""琴瑟和谐音韵美，人生至乐数天伦。"这饱含浓情挚意的绝句，共写了十首，可见姚校长是多么珍惜人生夫妻间的难得的情感啊。

吉丙将玲子当成仆妇，可玲子胸怀宽广，忍让，再忍让，直到无退路时，才上诉离婚，经调解无效，法院判决：准予离婚。周围的人都说：玲子这只灵巧辛勤的鸽子，被吉丙活活地放飞了。

离婚后的吉丙，外表没有什么变化，内心却慌乱得很，一大堆家务事无人管，两个孩子虽说读高中，忽然离开娘，精神低落，更可怕的是社会上那些闲言碎语常传入耳里。“吉丙容不住人，吝啬鬼，假道学先生，满肚子稻草……”许多难听的刺耳的话，想辩解，既过了时，也没有用，只得装聋扮哑，将一杯杯苦酒灌进闷葫芦，直到将自己的心灵撞击得疼痛难忍。他想：凭自身的优势，大专教师，月工资几千元，找个中年女人为伴，总不会太难吧。

他认为自己条件好，托人在市区找个中意的，定要比玲子强的。他想陈老师人缘好，是大学时的同班同学，周末一大早，提着一包礼品，亲自上门拜访陈老师。这位陈老师向来古道热肠，满口答应：“尽力而为。”陈老师不收他的礼物。

陈老师访问了纺织厂、缝纫厂、袜厂，这些地方单身女工的确不少，可她们并不看重知识分子，而是认为只要人品好，身体好，待人好，能干活挣钱就行。别看她们是女流，当今社会，“条条道路通罗马”的道理，她们是很清楚的。陈老师自己跑了不少地方，并且转托了别人，然而，在市区很难找到愿意嫁吉丙为妻的女人。

吉丙想：乡村范围广，女人资源多，街上女人难缠，乡村女人纯朴。这时，他内心隐隐约约回想起发妻玲子来，想起玲子当初那小鸟依人的爱意，深悔自己过于自高，失去了王母娘娘赐给的良侣，深悔当初没好好珍惜。他毕竟是知识分子，思想可以回旋。

乡村的姑母代侄儿吉丙找了个刚离婚不久的月红，她是个打工妹。经吉丙姑母介绍后，得知男方人好、条件好，约定了日期与他姑母一道乘早班车，赶赴吉丙处吃午饭。

月红，芳龄32岁，小学毕业，原嫁何家，长年与丈夫在外打工。丈夫搞建筑，她搞节能灯，有一个9岁的女儿，由婆母带着在家上小学，原本较为和谐。怎料男方与外地来的狐狸精缠上了，四处鬼混，面对面规劝了几回他都不改，她反遭到恶骂，万不得已，离了婚。

月红在吉丙处磨合了三个多月，非但没磨合好，反而出现了裂痕。月红找了份工作，吉丙不高兴；月红炒菜，吉丙说没城市风味……他那“家长制”“一言堂”作风，以自我为中心的老观念，根深蒂固，想不通，看不惯，解不开。月红虽十分珍惜情缘，依依不舍，但再三规劝仍无效，迫不得已还是选择了离开。当月红出门时，吉丙说：“你若想开了，凡事听我的，还可以回来。”他想得美，只不过是自己骗自己的白日梦。

从玲子与吉丙离婚到现在，快两年了。茫茫人海里，穿红着绿、英姿飒爽的女人多如天空繁星，吉丙呢，不了解女人，更谈不上尊重女人。凭他这对“女人书”还是文盲的人来说，再想找个女人为妻，可不知要到猴年马月呢。

柳 暗 花 明

枫岩村的大林，年龄不小了，28岁生日已过去两个多月了。虽说托人说媒，自己也东寻西访，见的女人有十多个，有的嫌他年龄大，有的嫌他土巴巴，有的嫌他慢吞吞，连离过婚的王翠都相他不中。大林，成了名副其实的“大龄”。他苦闷死了，常向人说：“找不到老婆，心里直发慌。”

大林的母亲去世早，做庄稼活的父亲靠那双老茧手将大林拉扯成人，高小毕业时，正赶上了农村搞集体，他跟父亲学了不少农活，挺卖力，生产队里人都说他老实、本分，是个务实的小伙子。可现在父亲年纪大了，不能常下地干活，他起早摸黑，粗细活一把捞，粮食满仓，时鲜蔬菜，样样都有，还养了肥猪。鸡鸭鹅豚，父子俩衣食无忧，每年出售农产品的钱都存在银行里，从不乱花一丁点儿。家里还是有点财底。

枫岩乡下串门办事，历来要带点礼物，大林爱面子，出门访当老婆的女人，带的是一瓶白酒和一包冰糖。那天他去王翠家也带了这两样，王翠娘留他吃了午饭，临走时，让他将酒和糖带回，他想，这两样值几十块钱，前几家让我带回我都带回了。“呼不来鸡，何必白费一把米呢。”她一推，他一笑：“那可叨扰了。”顺手将酒和糖原封带回。“不白费一把米，不亏老本呢。”大林心里暗为自己盘算着。

乡下人都会算账，眼见大林走访了多个女人家，带回来的还是原来的糖和酒，吃了人家的饭，耽误了人家的工夫，饱看了人家的美女，真是个惜财爱色的人。

天无绝人之路，车到山前必有路，大林找老婆历经山重水复，快柳暗花明了，那是初夏的一天，他去后河做茶叶生意，来到一户人家，那人家二老生了兄妹三人，老大已结婚生子，老二与卢水桥边的女孩正在热恋中，妹妹芙蓉已二十三了，大大的眼睛，光鲜灼人，弯弯黑眉，勾人魂魄，身材颀长，面型圆润，俗话说“岩洞里出观音”，可是个大美人呢。

在乡下，她本应是个抢手千金，但如今年纪那么大了，还是个黄花闺女，成了滞销品。媒婆王奶奶说：“芙蓉的名声不好，说话不真，简直一朵烂芙蓉。”

大林看得破，想得通：只要会生娃，就是好女人，管什么名声不名声的。

该出手时就出手，风风火火走一走。大林兴奋地回到家中，跟老父亲商量了一个夜晚，决定将银行存款取出三万元，送彩礼，办婚礼。父亲说：“我这么大年纪，指盼你有个媳妇，早添个孙子。想省钱就办不成事啰。”

确实，金钱是办事的先行官。彩礼送过去了，芙蓉更显得鲜嫩水灵，走路像春风摆柳。婚宴那天，大林家来了不少亲朋和帮忙的女眷，都穿戴得新潮齐整。欢声笑语，猜拳敬酒，燃放爆竹，贴大红对联，新郎新娘戴大红花，好不热闹。一向门庭冷落的大林家，这下可热闹非凡了。枫岩的姑姑、姐姐常来串门，连邻屋的小孩也常常来看新娘子，大林父子俩满脸堆笑，热情地招呼来人。

大林家有三间正屋，西边一间披屋做厨房，东头还有柴房、猪圈。稻场外有个又长又大的牛棚，他养了七头母牛、一头公牛，每年都要下几头牛崽，长大了就是壮牛，还有老牛，每年出卖壮牛和牛肉就有几万元收入。西边那方长长的水塘，是放养鹅、鸭、猪的好去处，“白毛浮绿水，红掌拨清波”，是农家一道亮丽的风景。

大林家有较好的农家院落，新来了芙蓉这个漂亮的媳妇，女人的笑声，掺和着牲畜的叫声，别具一种祥和热烈的气氛，大林父子俩的心里乐滋滋的。

大林将老婆看得重：自己穿粗布衣衫、旧球鞋，给老婆置办新潮女装、新款女鞋，还特地为她配了一副金耳环。芙蓉走过，每每飘出阵阵女人花的芳香。

农家出身的芙蓉，虽说爱穿戴，爱风流，但毕竟有农家女爱劳动的本色，打扫卫生，下厨房炒菜，做饭，上山放牛砍柴，插秧，拔草，样样精通。大林和芙蓉是一对劳动好把式，两亩地的玉米草，他俩一个多小时就解决了。芙蓉说：明年多种点玉米，多养几头猪，在家能挣钱，比外出打工还好。大林连连点头说：能照顾家，比什么都好。

深秋十月，大林去岳父家帮忙，芙蓉扛起锄头，挑着箩筐下地，太阳爬上山岗时，她已挖了三百多斤山芋，正一步步往回挑，生产队队长麻六那双贼眼早瞄到大林不在家，忙跑过来接挑山芋的芙蓉，直将山芋送到她屋后的窖边，说：“你进去接，我在外面推。”麻六的诡计，她早看清了，她板着脸说：“大林要我自己进窖。”麻六再想说什么，她已走远了。麻六只得走开。身正不怕影子斜，芙蓉自与大林结婚后，一心向着大林，再也不是当年随风飘荡的野草闲花了。个别爱饶舌的女人，说芙蓉一些闲言散语，大林从不爱听，他只晓得，芙蓉的肚子一天天大，他马上要当爸爸了。老婆能为他生个娃儿，他就对得住自家的列祖列宗了。村里老人说："不孝有三，无后为大。"家里旺了人，就是兴旺户、发达户啊。

一步步趟过岁月的河流，芙蓉在枫岩村已过了二十多年，她大儿子大学本科毕业后，在南京一家外资公司任高级助理，媳妇是鼓楼区商业银行会计，去年秋生了个胖男孩，芙蓉当了奶奶，怀中抱着孙子，心里乐开了花。她女儿嫁在枫岩附近的桐川镇，女婿是缝纫铺的裁剪师，每逢春节、端阳节、中秋节等大节日及岳父岳母生日，都送上厚礼。他夫妇俩勤劳节俭，热情待人，成了当地有名的富户。门前那座长100多米的黎河桥，就是她女婿黎春明投资建造的，老乡们称赞他为"黎善人"，连来往的学生都说他是一位热心公益的当代好人。

芙蓉，这个土生土长的山乡婆娘，尽管50多岁了，两颊的颜色仍红润润、细腻腻的，还是枫岩一带首屈一指的半老徐娘。背地里，多嘴的女人依旧闲言碎语地说着。大林听到，只会哈哈一笑："我家芙蓉当奶奶、当外婆了，我一百个放心。"他心里清楚，流言蜚语不能相信，晚上一觉醒来，芙蓉还是将他搂抱得紧紧的。

喜鹊飞翔

敏姐，号敏霞，来梓城卫校104班学医护专业，全校老师、同学都对她刮目相看。

祖老师说，敏霞有独特见解，是巾帼男儿。

林老师说，那女孩抛弃收入丰厚的宾馆迎宾女郎不干，是难寻钥匙的密码箱。

敏霞比我大一岁，芳龄十九，我称她“敏姐”，她喊我“桂妹”。

一群打扮入时的迎宾女郎，风姿绰约、亭亭玉立，站在宾馆那富丽堂皇的门廊两旁。

“先生。”“女士。”“请进，请。”

女郎们频频向来宾含笑点头。

坐落在花山湖畔梓市的这座宾馆，颇具宏伟规模。来这儿住宿的客人中，有政要、企业家等各类知名人士，还有从遥远他国来的外宾。

迎宾女郎迎宾时的形象，是给来宾的第一印象。宾馆老板深知第一印象的重要性。它关系着宾馆业务的盛衰。迎宾女郎的价值，就集中在这一闪光点上。

她们的衣裙装束，脂粉口红的涂施，眉黛的描绘，甚至一颦一笑，老板都密切关注，要求极严。

有谁知道，看似浪漫、轻松、潇洒的迎宾女郎们，却也很累，很吃力。

按这所宾馆的老规矩，迎宾女郎得身材颀长，容貌艳美。年龄满23岁后，老板将一个个炒鱿鱼，另换一批新的年轻姑娘来接替。

正值芳龄的敏姐，虽算不上闭月羞花、沉鱼落雁，却也是朵出水芙蓉，红艳艳、水灵灵的。

敏姐一来，校内男女生都投以羡慕的眼光。她那双少女特有的深邃明眸，展示了她那别具一格的深沉明澈的内心。

“桂妹，当个白衣天使，能长期为解除人类的病痛服务，不是更好吗？”

我要求她介绍在宾馆里的辉煌人生。她回眸一笑，指着校园内那株高大的柳树枝，圆润甜脆地喊：

“桂妹，快望啊，那枝头上灵巧的喜鹊，正高高地飞翔呢。”

1995年12月

招展的红旗

朝霞辉映着树林、田野，又是一个风日清和的好天。

河西村的机耕路上，一小队青年整齐、潇洒地行进着。他们的背包、被条，由送行的男女老少背着，还有一面迎风招展的红旗。

“月霞，你心里还紧张么?”

“我一想起那吓人的样子，心里还禁不住咚、咚、咚地跳。”

乘风挨着她前面那穿红褂的女友，像仍在微微颤抖。

“第一要沉着，万万不能慌神啊。”

月霞扭过颀长的身材，稚嫩的脸上，眼睛闪着深邃、明亮的光。她感到自己比女友老练得多。

这支五六个人的队伍，在群众欢送的当儿，激动、喜悦，潇洒、自如，有说有笑地向通往车站的临河公路进发。

四月下旬的一个夜晚，村东头李大娘的独生儿子金前，约了后冲王四爷的儿子花毛去五丈岩山洞里捉蛇。临河街上来了蛇贩子，以12元一斤的价格收购活蛇。价钱这么高，金前和花毛想着花花的钞票，凭着山里生、山里长的能耐，每人拿把手电筒、一条编织袋就上路了。

天黑乎乎的，他俩借着手电筒的一束亮光，摸到那人迹罕至的黑洞里。

嗬，这儿的蛇确实多。红纹黑花的，白纹青花的，粗的如茶杯，细的如箩绳。

手电筒的光照着数不清的三角头，一闪一闪的蛇信，真让人心惊肉跳。

花毛这个逮蛇老手，使出了浑身解数。他像灵猴跳涧一般，卡住了一条银环蛇的七寸。金前忙将编织袋打开，一条，又一条……他俩经过一个多小时的奋战，编织袋很重了，都说肚里有些饿，就走出洞来。下半夜才敲开金前家的门，二人草草地吃了几碗饭，抵足而眠，一会儿，屋里便鼾声大作了。

哎哟，哎哟……

哎哟……李大娘侧耳听去，慌得她神魂出窍，忙推醒老伴，推开房门，拉亮电灯。只见金前和花毛双双滚到了床前的地面上，拳头握得紧紧的，痛苦的呻吟声越来越大，脸色铁青，口吐白沫，眼神呆滞。

李大爷掀起凌乱的被条吓得直哆嗦，床上还蠕动着一条银环蛇，头昂得高高的。

死亡的影子，在两位老人的心里晃动。

李大娘不禁大放悲声。

“苦命的儿啰。”她一把鼻涕一把泪。

李大爷欲哭无泪，他的老神经慌得快绷断了。

村里人被惊动得先后涌来，半夜三更，不知出了什么急难事。

“哭有啥用，快去喊卫校实习生来。”村支书李林果断地向几个年轻人挥挥手。这时，天刚蒙蒙亮。

不到二十分钟，实习生月霞、乘风背着药箱来了，那位巡回指导的高医师也来了。

月霞，这个稚嫩的姑娘，扯扯女友乘风，不顾自己红色衣摆飘拂，迅即将患者安放在特设的两个竹榻上。

抢救垂危生命的急救手术，在高医师指导下，正紧张、有序地进行。

她俩分别用清水冲洗牙痕的蛇毒和污垢，在牙痕处作“十”字切开。两个少女的眉皱得老高，每根神经都绷得紧紧的。她俩快速地边冲洗、边挤压。半小时后，她俩紧紧地盯着伤口，再用双氧水、高锰酸钾液，蘸在药棉上，轻轻地敷住伤口。

少顷，她们从袋里拿出鱼腥草、山荷叶、半边莲，水洗锤碎后，敷于伤口周围，并注射普鲁卡因，封闭体内传播的残存毒液。

太阳接近西山，在高医师的嘱托下，月霞、乘风均守在患者榻前。夏日暑气，憋得她俩沁出了密匝匝的汗珠。

傍晚的凉风吹来，患者的神智先后清醒了。李大娘伺候儿子和花毛每人吃完大半碗稀粥，这两个梓城卫校来的实习生，才缓缓地嘘了一口气，展现出少女的风采。

月霞、乘风脸上浮起了笑意，不约而同地浮想联翩。用两双比钢铁还坚韧的铁手，驱走了面目狰狞的、龇牙咧嘴的死神。从死神那里夺回两个结实的小伙子。

这时，彭常、王根、何井三个男生，从村南的竹林中、山坡上、田埂边，扯来不少新鲜中草药。有鹿衔草、白花蛇舌草、车前草、夏枯草，还出人意外地在深沟里拔来一株七叶一枝花。他们每人的袋子都装得满满的。

一年来，这几个平均年龄不满18岁的男女青年，给河西村民治病，除打针，服中、西药外，他们还用自采的新鲜中草药，先后治好了村民的荨麻疹、哮喘、肺结核、白癜风等十几种疾病。村民病好了，还不用花一分钱。

听说实习生实习期满，今天要回校，村民们成群结队地赶来大石拱桥头欢送。

那些当妈妈的妇女，提着熟鸡蛋、熟瓜子、熟花生往实习生的袋子里塞。

李大娘、王四爷眼眶里溢满了泪水。金前、花毛依依不舍地走在后边。

玲珑小巧的淡蓝色敞篷车开动了。车上那些青年人的手臂向后不停地挥动，那面绣着“起死回生”的红旗招展，被风吹得呼啦啦地响。

于2005年2月

瞬变的神态

听老人们说，县官是七品芝麻官，职位比较低。从现实来看，一方土地菩萨还能管一方人。尤荒毛是位副县长，按理说，比七品芝麻官还要低半级，只有七点半级。可他掌管文教、卫生、计生等部门的大权，在大学、中专毕业生分配工作中，权倾全县，他说的话，掷地有声，一锤定音。

谁人不望子女贤。何况花了几万元，甚至十几万元，送孩子上中专、大学，读了那么多年书，好不容易才拿到毕业文凭。指望谋个铁饭碗，吃皇粮，拿固定工资。山民们想，只有走尤副县长这条路。拿什么礼物呢，有的人想到了名烟、名酒，大中华烟、茅台酒等，有的人想到了土特产，老母鸡、芝麻油、葛根粉、黑猪肉……于是，东奔西走，各方筹措。

县府住宅楼正在修建中，尤副县长临时住在凤尾胡同三号。这是一所小院落，庭院内花木扶疏，隙地宽敞。横排三间青砖红瓦平房，正中是尤副县长的接待室。提着大包、小包进来的客人机智地将礼物交与廊房内的副县长夫人，将空包放在壁沿下，然后空手进入接待室，拜见尤副县长。送礼者认为这样轻松、洒脱，遇到后来的人也较自然。

尤副县长本有几分热情，听完来者陈述后，神态倏变，怕来者是空手求神，脸色像腊月的咸猪肝，人见人怕。他起身踱步至廊房里，瞟着夫人正边整理礼物，边炒菜做饭，脸面才由阴转晴，重新坐回椅子上，装出耐心的样子，认认真真倾听来者的诉求。

电话铃响了，尤副县长“啊、啊”两声。这时的尤副县长，急呼呼，边向客人摆摆手，边说要乘车出门。来者知趣地起身告辞，虔诚地又拜托一番，怀着一线期盼走出院门。

尤副县长收到的礼物，可说是应有尽有，可那些大学毕业生、中专毕业生的出路如何呢？除极少几个人外，大都去浙江、福建、上海，或上北京、天津，加入打工族行列中去了。

真是收礼的不知羞，送礼的适得其反。

族Q特传

一、序

我要给族Q写传了，因这是许多人很长时期的期盼。写什么名目的传呢，自传、列传、小传、正传、外传都不合适，仔细一想，他是族内抓修谱这特别事的头儿，于是，冠以“特传”的名称，也许，可以对得上。

族Q家住大别山区，长河沿岸。所在的族，是这里方圆几个邻县的堂堂大族，历史上、现实中曾涌现许多英雄儿女，在中华民族史册中有着辉煌的一页。

可族Q听读书人讲过鲁迅先生《阿Q正传》中阿Q的故事，很感兴趣，认为阿Q是自己的先人，故本文的族Q与阿Q名号中同有一个“Q”字。

二、爱与阿Q相比

族Q想：阿Q住土谷祠，为生计问题东奔西走，我住的是楼房，吃的是白米饭、白面馍。

我与先人阿Q虽年代隔得久远，但从认识、个性来说，有较深的渊源，完全是一脉相承的。

族Q内心对自己祖宗阿Q出身差，遭人白眼，还挨过打，最后被枪毙的历史是深深记恨的。他想：扑克牌中黑桃Q很大，我要在本族做个老大，让族人捧我，我又能捞到钱，这也算是阿Q的孝子贤孙啊。

三、想点子搞酒喝

阿Q当年是光棍汉，想与赵家佣人寡妇吴妈恋爱不成，还受了许多气，我族Q可阔多了。我有老婆、儿子，辈分高，族人将我看成活祖宗，喊我为“爹”。想起自己比先人阿Q强，简直有点飘飘然。他想到了钱，怎样搞钱，阿Q用现钱买酒喝，我族Q到哪儿搞钱。这时，他唱起了阿Q的歌：“我手执钢鞭将你打，得，得，锵，锵，得……”唱毕，主意定出来了：投资送礼。老婆有鸡蛋，自己挖泥巴种杂粮，身上几十元、几百元人民币还能拿出来。族中有人进新房，有人结婚，有人升大学，有人去世，有人迁居……都送礼，即变相放债的意思。每次都有酒有肉，有十多个海碗的好菜，临走时还有一包好香烟加一包瓜子，比阿Q光喝点酒强多了。

他欣喜地默想着，在椅子上呼呼睡起来了。

四、稳住族Q这把交椅

族Q想，当年阿Q并不是傻瓜，自己比先人阿Q起码要精明三分。俗话说：“一个篱笆三个桩，一个好汉三个帮。”我得先找大皮、夫皮这两个知己。大皮有点文化，可冒充中专毕业；夫皮有点人缘，可冒充小“户尊”。有他俩当吹鼓手，我这族Q地位，谁还敢抢去。

于是，他与老婆嘀咕了几次，老女人头脑简单，只知道顺着老公操办，不会有错。大皮、夫皮请到家了，灶房里有猪肉、鲜鱼、鸡蛋，满室飘香，族Q拿出好酒，边夹菜边举杯说，祝二位万事如意。大皮连忙站起来，举杯说：“保证族Q的交椅坐牢，有人胆敢来夺，我俩决不轻饶。”夫皮点点头，面含笑意，蛮有把握的样子。族Q立马高兴极了，忘形地唱起来：“得，得，锵，锵，锵令锵，得，锵……”族Q昂着头，将大皮、夫皮送出门，还唱着：“得，锵，锵令锵，锵……”

五、优胜记略

族Q的老爸，惜钱如命，只让族Q读完初小，就要他回家帮忙，早晚学算盘记账。发了横财，豪霸一方，解放后，头上还戴着“黑五类”的帽子。族Q长大后，总是想出人头地，在地方当个大人物，能呼风唤雨。可他毕竟是个“文盲”加“法盲”人物，想当大人物，只能是白日梦。

他想起先人阿Q住土谷祠，还有过一段光荣的历史，我族Q真无所作为吗?！不会的，我一定要光荣起来！

族Q和大皮、夫皮及几个小皮计议，号召族人修坟。坟内埋的是列祖列宗，动乱年代被人挖过，连坟碑都被搬走了，现在我族Q号召修坟，不是堂堂正正么?

为了喝酒吃肉，族Q亲自率大皮、夫皮及小皮们，奔赴族内各户，要大家捐资为祖宗修坟，乡村人纯朴、盛情，每户都用好酒好菜招待，酒足饭饱后，主人掏出钱，少则几十元多则几百元，交与族Q他们修坟。

河西飞龙形的坟碑竖起来了，正砌台阶，族Q主持，每天和施工人员一起吃喝，还能抽点钱，比阿Q现钱喝无菜的酒强多了，优胜多了。

六、修谱

因大皮参加过上届修谱，族Q得另眼相待。大皮说，修坟是小工程，只能捞点小钱，修谱是一项大工程，收的谱费多，能捞到一大笔钱。族Q频频点头，称发动修谱的主意好，自己钱包瘪瘪的，正缺钱呢。

族Q风风火火地行动起来，下通知成立修谱理事会，由族Q提名。迫于舆论压力，族Q只得通知各支较开明的有知识的人，起码不反对他的人，进入理事会，族Q自任主修（理事长）。会上，定出族内每人交谱费60元。他想，全族有3000余人，可收谱费18万余元。

有人提出，按惯例，前后修谱间隔时间为30年，现在离上届修谱只有27年，不合适吧。族Q说，上届主修于修谱期间因病去世，谱未全修好，提前几年无妨。

会议内容公布后，族人纷纷表示谱费太高，只得降为每人50元。族Q暗忖，15万余元也可，纸张费、印刷费、伙食费、杂项开支8万元足够，其余7万余元，外加募捐的，这回捞的钱肯定不会少，何况我是主修，是老大。族Q高兴起来，又唱起："得，锵，得，得，得，锵令锵……"

七、修谱编委会

修谱，是一项文化工程，应设立编委会，选出主编，定好编委会成员。族谱与国史、地方志同为中华民族的三大文献。

古今修谱都是定世系，辨昭穆，敬祖宗，列名氏，记年代，注婚适，详节孝，彰懿行，著传赞，使世系、支派、长幼井然有序，人伦教化、嘉言懿行得以宣扬。家谱，犹如一部源远流长的史书。

前文交代过，族Q是"文盲"加"法盲"的人物，且心术不端，专想捞钱，这样的人当主修，其结果如何，可想而知。

经族人推举，由享有盛名的古久先生担任主编，古久先生70多岁了，仍精神矍铄，文字功底厚，且擅长写诗文，一手好毛笔字，又是上届修谱的台柱子。另选了中专学校的退休教师平山为副主编。

这二人进入谱堂后，族Q认为他们与自己不同道，多般挑剔，常拿编委会压人。族Q暗想：修谱的人权、财权都在我手中，你们只不过是我的几个佣人，我要你们谁滚蛋，谁就得滚蛋。

这时，文皮在编委会任抄写员，他是个初中尚未毕业的人，但在本村民组算是状元，“河里无鱼虾子贵”嘛。

文皮点子多，与族Q面和心不和，装出与族Q一条心的姿态，极力排挤古久先生和平山老师。他深信：山中无老虎，猴子才能称霸王。

窝囊废的族Q中计了，将文皮升为主编。古、平二人眼见族Q拉帮结派，不是修团结族谱的样子，愤然离开了谱堂，再不愿与那伙人混在一起了。

八、凶狠的气焰

族Q既不懂法律也不学法规，满脑子封建思想，他所崇拜的是由玉皇大帝至土地公的神权，由皇帝至地方官僚的政权，鲁迅先生《祝福》中鲁四老爷般的族长统治族人的族权，还有男人统治女人的夫权。这要用事实说话，请看：

第一，族Q担任主修，又担任谱堂监管。

主修的职责本应是将谱修好，体现族人在改革开放的新潮流中勤劳致富，为国家、为集体做出的辉煌成绩，展现各界涌现出的英雄人物，激励族人奋勇前进；制定新时代的家规、家训，治家公约，教育族人遵纪守法，培养优良道德，力争为人民做出较大的贡献；理清世系、脉络，写好传赞，弘扬祖宗美德，新人新风；以人为本，保证理事会、编委会全体人员，团结和谐，同心协力。

总的来说，一届族谱能否修得圆满，主修、主编是决定性因素……这些内容，族Q知道吗？做到了吗？

族Q认识低下，谱堂自有主编主管，他来监管，明显是把主编当傻蛋，搞分裂。群众说，他成天端着茶杯逛来逛去，白拿几十元工资，脸也不红，真可谓恬不知耻。

第二，无视国家法律，无视群众意见。

这条长河上下，李姓、汪姓、胡姓、叶姓近几年都修了谱，有的姓人丁有两万以上，每一户、每一男女人丁全都上了谱。新谱都是在县城正规印刷厂印的，装帧考究，式样美观。可族Q所在的姓，一开始就有人不参修。是否这一姓的族人难缠呢，绝对不是。这是名门望族，上面第六届、第七届都是人人参修，有谱为证。

人民群众的眼睛是雪亮的。知道心术不正的两盲人物族Q担任主修，干脆不予理睬。现在回看起来，这部分群众确有先见之明。

为了本姓能修一届团结的谱、和谐的谱，族人专门请来镇司法所的同志，向族Q一伙人宣讲相关法律法规，那部分不参修户的代表说，只要族Q从主修位子上下来，他们全都参修。这次会上，司法所同志向族Q他们宣讲了宪法、民法、老年人权益保障法以及中央文件，特别突出了“团结、和谐”这一重点。

可族Q一帮人拒不接受群众意见。族Q死皮赖脸地赖在主修位子上不下来，还自认为胜利了，了不起，傲然地离开会场。

族Q气焰凶狠，将自己不可告人的意图，凌驾于国家法律之上，比他的先人阿Q的行径，有过之而无不及。

九、惨败收场，万年遗臭

由文皮任主编修谱，费了九牛二虎之力，幸有几个勤恳谦虚的辅助人员帮助，花了整整半年。实际上，因族Q不得族人的心，拖了两年之久了。族Q心急如焚，他收来十几万元的修谱费，迟迟修不出谱，怎么向族人交待呢？谱修成了，为何说惨败呢？用事实作证：

第一，这是一套分裂的、不团结的、不和谐的谱。

稍有知识的人都知道，修谱，是所在的族每户、每个男女人丁都参修，可族Q所在的姓氏，即族Q家附近几里、几十里的地方，据不完全统计，至少有一百几十人未参修。这可真是奇闻共欣赏、亘古未有的大笑话。

修谱，本是为了团结、和谐，族Q主修的谱，彻头彻尾是分裂的、不团结的、不和谐的。

第二，大搞封建族权，手段恶劣。

这次修谱开始后，明确了收集谱稿的人员。古久先生所在的七房，由古久先生收集。因这房的群众，相信古久先生。族Q窝火了，这还了得，立马派文皮及几个小皮，到七房各户强行收集谱稿，事后有人向族Q提出，强行收集谱稿不对吧。

族Q回答说："是那房的房长叫的。"实际是族Q拿1000元人民币买通的。现在，哪里还有什么封建时代的"房长"呢。族Q就这样在光天化日之下，用恶劣的手段大搞封建族权，仗恶势欺凌年老体衰的古久先生。

第三，谱中没有家规、家训、家风、治家公约。

一个家族，应该树立端正的家风，传承优秀的家规、家训、治家公约。

树立美好家风，教育子孙后代，为人要正直、谦恭、诚实、守信。要勤奋学习，天天向上。要勤劳俭朴，和谐友爱。

当前，要大力提倡“社会主义核心价值观”，即“富强、民主、文明、和谐、自由、平等、公正、法治、爱国、敬业、诚信、友善”，这必须从家风抓起，作为族谱，必须有优秀的家规、家训、治家公约，才能树立良好的家风。

族Q主修的谱，对此无片言只语。这样所谓的谱，只能是一套害人的糊涂账。

第四，不写新一代优秀人物的传赞。

族Q主修的谱中，有关“传赞”的一大本，百分之九十九是上两届谱中的老“传赞”。新“传赞”呢，少得可怜，不足五篇。

族Q有眼无珠，当今社会，各条战线，涌现的英雄人物，数不胜数，族Q所在的姓绝不例外，而族Q瞎了眼睛，站在历史潮流的反面。

族Q主修开历史倒车的所谓族谱，对族人造成的危害，绝不能低估。

第五，歧视妇女，搞男尊女卑。

修谱大会上，已定出谱中要将妇女的姓名完全写出，不能只写某氏，可族Q只当作耳边风，听不进，族Q主修的谱中，仍然压低妇女的地位，只写“某氏”，剥夺了当代妇女使用自己姓名的庄严权利，充分展现了族Q封建卫道士的狰狞面孔。

第六，漠视名人，将捐资修谱人与名人混杂。

族内当代的博士、硕士在名人栏目中都没有，而极一般又无特别成绩的人，却成了所谓名人。这大大降低了“名人”的价值。更令人气愤的是，将捐资修谱的人与名人混淆不清。这对族人造成的影响很坏。

阿Q的后人族Q，却不以为然。这样的主修认知水平，真是低得不能再低了。

第七，错别字太多。如：将“畲”写为“僠”，将“曾”写为“会”，且一错就是几面至十几面。

第八，族Q和大皮在谱中写了“序一”“序二”，作为堂堂大族，谱序理应写得符合时代潮流，追叙祖宗恩德，教育子孙后代严格要求自己，遵纪守法，勤劳节俭，做个好公民，力争取得辉煌的成绩，为本族争光，为祖国争光。

可族Q和大皮却在自写的所谓“序一”“序二”那干瘪瘪的文字中，狂妄地挥起大棒，指责与自己观点不合的人，丧心病狂地从文字上搞分裂。

族Q主修的谱，各类问题，说不完，写不尽。族内名望很高而且很有水平的中学退休校长合模先生说，族Q、文皮等修的谱，“勉强成功，漏洞百出”。糊涂账嘛，怎能不漏洞百出呢？怎能理清呢？

族Q主修的所谓族谱，总算修成了。他舍不得送去县城印刷，只在电脑打印部打印，质地较近几年其他姓修的谱要差，彩图模糊不清。他要将谱费多留一些，他才能多捞点嘛。实际上，搞封建族权，搞分裂行径，是惨败收场，万年遗臭的。族Q头脑发昏，还认为自己赢了。他们分得的钱，少则几千元，多则一万余元，这下可名正言顺地拿进腰包了。锣鼓收场了，族Q高兴起来，常向人说：“我赢了，我赢了。”在自家台阶上唱起：“得，锵，得得，锵锵，锵令锵……”

外一辑

友人书

恭贺方承乐先生八十寿辰

姚新华

南山松鹤享遐龄，壮志弥坚二度春。
满腹经纶人共仰，平生德艺我犹珍。
安贫乐教千秋是，厚古承传百卉新。
捧上心香祁万福，桑榆未晚更芳馨。

恭贺方承乐老师八十寿辰

2010年教师节

唐西川

教师节里寄微言，北海赊来献寿筵。
恭庆华龄趋八秩，料培桃李逾三千。
琴心犹续春秋卷，剑胆还撑百里天。
丹桂飘香情约我，廿年还贺老诗仙。

恭祝方承乐先生寿享期颐

刘龙华

百里尊翁诗苑神，松龄鹤寿驻长春。
精研细缀笔生彩，淡泊情怀重素心。
桃李满园梁栋脊，蓝田种玉远传薪。
人间美德师兼备，松柏延年福寿臻。

方承乐老师耄年康宁有感

程家佑

一

轻松俗语话沧桑，谈笑风生体魄康。
抖擞精神人未老，声高望重誉乡邦。

二

先生妙笔记榆桑，乐享华年惜体康。
学有彭公延寿术，激扬文采颂乡邦。

赠方承乐先生

刘时云

焚膏继晷效先贤，苦琢芸窗矢志坚。
教苑文坛情挚挚，满园桃李艳江天。

赠诗友方承乐先生

韦文华

难得遇知音，感君情谊深。
诗心关不住，百里也为邻。

致老同学方承乐老师

朱家行

流光易逝岁如斯，犹忆当年共读时。
数次北门抬大米，几回姜岭写新诗。
床前明月依然在，头顶青丝逐渐稀。
久别故人怀念否，相逢有日碰金卮。

答谢方承乐先生

张义舍

一从学界识先生，久历风霜见赤忱。
少壮杏坛挥翰墨，晚年太百举吟旌。
同因岔路怀同愤，共饮长河有共鸣。
家政应酬身外事，首当珍重晚时晴。

敬赠方承乐先生

周学应

一

今生有幸拜先生，道骨仙风论纵横。
驰骋诗坛君不老，重跨战马又亲征。

二

承先启后话艰辛，乐作寒江摆渡人。

先苦后甜娱五彩，生花妙笔赋频频。

送方承乐先生

詹诗全

悔恨结识已太晚，先生文墨后生赞。
今朝只作忘年友，来世再修终不散。

赠百里方承乐老先生

徐勤远

一

先生诗价好吟哦，精敏文辞富丽多。
儒雅瑶章心气爽，耄年瀚海放高歌。

二

泼墨挥毫不计时，当年赴县会相思。
诗书文采多情趣，两地沉吟各自知。

赠方承乐老先生

詹寿凯

一

先生“三绝”有功超，百卉园中“搦管”抛。
主笔老成裁锦绣，著书留作后人娇。

二

百卉书刊意气浓，群英泼墨韵无穷。
当年桃李情高雅，奋笔勤耕气势雄。

赠恩师方承乐先生

余传明

一

精神抖擞一尊翁，育李培桃建大功。
虽是冯唐犹未老，与之阮籍不居同。
敲诗作赋言辞美，镂玉雕金意境深。
我祝恩师频介寿，夕阳璀璨更鲜红。

二

恩师驹隙未蹉跎，教育芳园贡献多。
八秩高龄人不老，百年稳执鲁阳戈。

赠房兄方承乐先生

方承贵

叶河唐岭一株松，傲雪经霜矢志宏。
常读报刊增识见，勤研电脑步新程。
吟诗撰稿胸怀朗，鉴古观今哲眼明。
桃李满园千景秀，夕阳璀璨满江红。

拜赠外公方承乐老先生

王宇蛰

文星寿宿志昂扬，璀璨诗词气溢香。
同创《禾园》培俊秀，共兴百卉艳乡邦。
激扬文字钦南北，豁朗情怀纳海洋。
一代贤能春不老，廿年依旧着鞭忙。

和方老师中秋节赠诗

程家佑

先生高寿度春秋，新撰诗文韵律悠。
遍地寻芳桃李色，河山秀美任遨游。

和方承乐先生咏北中老区

张义舍

苏区原号北中区，奋起农奴贯楚吴。
高举义旗声势大，推翻暴政史悬殊。
向阳挺进精神抖，拔萃逃亡胆气虚。
告慰前驱功不没，当年茅店变街衢。

注：祝向阳，老红军战士。胡拔萃，曾为伪太湖官员。

方承乐先生《竹园诗文选》出版贺词

姚新华

春风化雨得天时，茂竹芳园挺秀枝。
淡泊人生臻教化，非凡学识善诗词。
经年集腋成裘服，镇日淘沙炼灼知。
捧读佳书如饮露，骚坛有幸再逢师。

读方承乐先生《竹园诗文选》

张生宏

古稀岁月读佳篇，黯淡云霞往昔连。
形影孤单萍逐泊，爹妈早逝痛情牵。
擦干泪水追星月，搏击潮头破浪旋。
敬业辛劳铭海宇，松风竹节众称贤。

读方承乐先生《竹园诗文选》

方乔保

《竹园》诗文，立意纯真。
字斟句酌，历耐艰辛。
细苗润色，草木争春。
多年执教，桃李缤纷。
退休桑梓，心态更新。

笔耕不辍，进取精神。
黎明即起，自律追寻。
惠赠《竹园》，感慨殊深。
爱不释手，捧读晨昏。
行行警语，句句良箴。
衷心铭谢，景仰长存。
祝君善养，竹映松林。

夜读方承乐老师《竹园诗文选》

唐西川

高龄八秩意坚强，瀚海扬帆作领航。
欲学人梯高品质，无须访竹问潇湘。

品读《竹园诗文选》有感

黄焱华

诗选《竹园》捧手头，初衷不改勇追求。
沧桑岁月缠绵意，雅致文章韵味稠。
培育李桃成栋柱，悼儿念解泪难收。
情如廉颇精神好，妙笔生花写满楼。

谢方老师惠赠《竹园诗文选》

唐西川

文选《竹园》已发行，篇篇锦绣我难评。

诗同大雅情千种，流韵长河水一泓。

囊括山川吟岁月，笔耕今古颂文明。

几回夜读呈书案，灵动珠玑似有声。

夸夸通讯员

张志远

司空山下，前部河畔的百里山乡传颂着一位六旬老翁“人虽退志未减，奋笔耕耘报乡情”的感人事迹，他，就是太湖县百里叶河村退休老师、老通讯员方承乐。

方老今年65岁，1955年春参加工作，在教育战线上扬鞭执教四十度春秋，多次获得先进工作者和优秀共产党员光荣称号。1994年春荣归故里。

方老师退休后，心里琢磨着：“我是一名共产党员，现在虽然放下了教鞭，不能就此无所事事安度晚年，我要拿起手中的笔，当一名业余通讯员，宣传党的方针政策，弘扬家乡新人新事，为家乡的建设贡献光和热。”方老师是这样想的，也是这样做的。四年来，每年被市、县新闻单位采用稿件数十篇，先后被《安庆日报》《太湖报》《卫生与健康》聘为通讯员。1996年被太湖报社评为优秀通讯员，获得荣誉证书和奖金。

方老家在农村，老伴、儿孙全是农村户口，承包土地，家庭发展，需要付出精力，他为了写好稿，顾不上帮忙。有时为写好一篇稿子，一熬就是大半夜，有时连饭也忘了吃。

他根据多年的经验，总结出写稿除了手脚要勤、耳目要灵外，还要在“钻”字上下功夫。他说：“处处留心皆新闻，我们身边有许多名不见经传的人或事，只要肯钻进事物内部去，钻那些被表象掩盖的东西，就能写出独到的好新闻来。”方老师生性幽默，说话诙谐，与不同年龄的人都能交谈。

方老师作风严谨，务实求真。作为一名党报通讯员，深知手中笔的分量。一篇新闻稿，如内容不真实，在社会上造成的影响何等之大。因此，他对每一篇稿子慎之又慎。有时为了核对人或事的真实性，骑着自行车深入村、组、户，田头地角，找知情人核实，保证了新闻的真实性。多年来，方老师风里来，雨里去，社会上甚至有人讥讽地询问他：“方老师，你快70岁的人了，每月有那么多薪水，这样奔波图个啥呀？”方老师快言快语，回答说：“我不图个啥，只是想把家乡的新人新事传播出去，为家乡的经济腾飞献上一份余热。”

（本文原载于1998年5月22日《太湖报》）

后记

这本《竹摇清影集》沐浴着伟大中国共产党的阳光雨露，是党的“文艺为人民服务，为社会主义服务”“百花齐放，百家争鸣”指引下的结果，是“坚持以人民为中心的创作导向”精神指引下的结果。

中共太湖县委宣传部副部长王三保先生，在百忙中为该书写“序”。王三保先生前些年在太湖报社任主任时，大力支持通讯员工作。我写的稿件，写一篇，发表一篇，并未收我一支香烟、一片茶叶，是一位清廉自持的好领导。他秉公办事，热情诚恳待人，在太湖县群众心目中的形象是高尚的、光明磊落的。

百里镇人民政府赵学斌镇长来百里工作数年，勤恳务实，深入乡村、深入农户、深入田头地角、深入建设工地实地察看。他深夜带领群众扑灭山林火灾。他大力振兴文化建设，举办“诗词创作培训班”，争创“诗词之乡”。我两次出书，他均给予大力支持，体现了他善待知识分子、善待夕阳的崇高德泽和浩瀚情怀。

百里镇中心学校老领导姚新华先生，是百里镇文坛的中流砥柱，主编《百卉园》《禾园》两种诗刊，千方百计将百里建成“诗词之乡”。他带动并发动广大群众、学校师生激情满怀地投入这一文化建设高潮中。正如马国征先生《七言红烛诗》一诗中所言：“一支红烛放光芒，辉耀人间育栋梁。桃李满园春永驻，生机蓬勃似朝阳。”姚先生繁忙中为我审阅书稿，深厚情谊难忘。

安徽省高等学校教师培训中心主任朱礼长先生，常年辗转于合肥、芜湖两地，奔波在省内外高校，工作任务繁重，很少有休息时间。他为我联络出版社，校对书稿，劳神费力。他当年是我的好门生，现在能在繁忙工作中抽出宝贵时间，实属难能可贵。

百里镇招商办朱堃主任，为我出书费心、费力，不辞劳苦。这位昔日朝气蓬勃的门生，现仍一如既往地厚待当年的老师。他的崇高风格，当铭刻胸怀。

太湖县诗词书画学会理事、《百卉园》副主编唐西川先生腹有才华，是全镇优秀诗人之一。他写的诗词，立意新颖，语句清灵。读他的诗词，总感觉是一种精神享受，从而产生激扬愉悦的情怀。这些年来，蒙他不嫌我年迈神衰，常常从精神上激励我。他是第一位为我的《竹摇清影集》写来贺诗的人，真挚友谊，催人奋进。

还要感谢太湖县教育局局长王森华、百里中心学校校长王和丛、中共百里镇党委书记章周中、百里镇林业站站长刘继东、百里镇电管所所长王仲勉、百里镇万家旺超市经理王庆中、百里镇水暖总汇经理程旭亮、百里镇路先华先生、北中镇吴向东先生。

“回雁高飞太液池，新花低发上林枝。年光到处皆堪赏，春色人间总无知。”但愿本人能再享受若干年沐浴阳光雨露的风华岁月，和同人一道赏文坛亮丽风采，写华夏绚美风光，抒胸中激扬情愫，欢唱依依眷恋的璀璨夕阳。

“老有所依，老有所学，老有所乐，老有所为。”是当代老年人的追求。我沐浴党的阳光雨露，在教育岗位上工作了四十度春秋。退休至现在，倏忽之间又满了二十年华，已年逾八旬。所见、所闻、所经历的人或事，真是五彩缤纷、各具特色。个中意味深长。

“奋斗就是生活，人生只有前进。”我不愿做人生的过客，退休后仍奋勇向前。参加诗词学会、作家协会，担任党报通讯员，这些正是生命前进旅程中的依托站。尽管本人思想水平、写作水平还需提高，但我这匹“不用扬鞭自奋蹄”的驽马，是竭尽了心力的。

人生是一段漫长的旅程。旅程中的道路是坎坷不平、崎岖险峻的，既有风狂雨骤、严霜冰雪，也有春光明媚、鸟语花香。飞鸿踏雪泥的爪印，我将它写出来，留与后来人鉴赏。这就是我写《竹摇清影集》的初衷，如天假其年，愿与读者先生们、女士们共勉。

方承乐

2014年11月3日